LES
LÉGIONNAIRES
DU RHONE

ÉPISODE DE 1870-1871

Comédie mélodrame en 4 actes

APOTHÉOSE

PAR

Mme Amélie MOISSONNIER

Lauréat au Concours poétique de Bordeaux,
Lauréat au Concours poétique de la Société des Écrivains français,
à Paris.

IMPRIMERIE GÉNÉRALE DE LYON

1883

LES LÉGIONNAIRES DU RHONE

ÉPISÒDE DE 1870-1871

LES
LÉGIONNAIRES DU RHONE

Comédie mélodrame en cinq actes

APOTHÉOSE

REPRÉSENTÉE TROIS FOIS A VIENNE

1er Acte : LE DÉPART

2e Acte : LA REMISE DU DRAPEAU

3e Acte : LE BIVOUAC

4e Acte : LES RÉFRACTAIRES A MONACO

5e Acte : LE RETOUR

—

APOTHÉOSE

PERSONNAGES

Le comte de Montdoré.

La comtesse de Montdoré.

Henry, fils de Montdoré.

Louise de Montdoré.

Le comte des Frayeurs.

Le colonel de Labruyère.

Jacques, domestique.

Caroline, femme de chambre.

Le maire.

Capitaine Sans-Peur.

Lieutenant Beauvoir.

Brigitte, vivandière.

Soldats.

André, domestique de la famille de Montdoré.

M. Velouté.

Un chanteur gitano.

Le Gascon.

Mme Alberthini.

Louisette.

Mlle Qu'importe.

Mlle Gabrielle.

Danseurs et danseuses.

PREMIER ACTE

LE DÉPART

La scène représente un salon. M. le comte de Montdoré, Henry, son fils, et le comte des Frayeurs sont près de la table, où ils causent; Mme et Mlle de Montdoré sont autour du guéridon, roulant des bandes et préparant du linge pour les pansements.

SCÈNE Ire

LE COMTE DE MONTDORÉ, un journal à la main.

La situation devient de plus en plus désespérante; Metz a capitulé; voilà donc la perte de deux grandes armées.

1.

**LE COMTE DES FRAYEURS, ayant également un journal
à la main.**

Hélas ! oui, bientôt l'ennemi menacera le cœur
de la France. La tactique et la discipline prus-
siennes, auxquelles nous devons rendre hommage,
et qui ont triomphé jusqu'ici de toute résistance,
l'emporteront contre toutes les tentatives de défense
que l'on se propose. On prend des dispositions
pour le siége, chose inutile ; les Prussiens terri-
fieront en partie le peuple de nos campagnes, et
bientôt, malgré d'inutiles sacrifices, feront leur
entrée triomphante dans Lyon. Aussi, me disposé-
je à partir pour Monaco, et je crois, Monsieur le
Comte, qu'il serait prudent pour ces dames de
quitter cette ville pendant qu'il est encore possible
de le faire. Bientôt il sera trop tard.

HENRY DE MONTDORÉ

Vous croyez donc pouvoir échapper à l'obliga-

tion du service militaire ? Et ne voulez-vous pas
contribuer à défendre cette belle ville de Lyon,
votre pays natal ? Cher ami, je réprouve vos
projets.

LE COMTE DES FRAYEURS se lève.

Tout me déplaît dans l'organisation. Qu'y a-t-il
de plus écœurant que cette confusion ridicule de
toutes les classes de la société ? Il vous paraît donc
fort agréable de monter la garde avec ces hommes
du peuple dont le zèle vous porte à rire. Je vous
avoue que ma présence dans leurs rangs me paraît
peu nécessaire, attendu que mon caractère, mes
goûts, ma santé exigent une autre vie.

LE COMTE DE MONTDORÉ se lève.

Celle qu'impose le devoir dans ces graves circonstances ne saurait en effet être agréable à personne, ni salutaire à aucun tempérament. Vous
n'êtes pas encore familiarisé, je le vois, Monsieur

le Comte, avec le sacrifice; s'y refuser cependant c'est s'exposer à perdre le caractère, l'énergie, la volonté : pour être un homme ne faut-il pas savoir souffrir? Je vous demande pardon, Monsieur le Comte, de ces réflexions; elles ne vous ont point été adressées comme une leçon. J'en entretiens souvent mon fils, mon cher Henry.

LE COMTE DES FRAYEURS

Il les a su mettre à profit, car depuis quelque temps les plaisirs d'autrefois lui sont devenus étrangers; il est tout occupé de moyens de défense, de manœuvres, de discipline. Je crois que le comte de Labruyère, le fervent patriote, a aussi de l'influence sur cette bonne nature.

HENRY DE MONTDORÉ

Le Comte est un jeune homme simple dans ses goûts, sans prétention et rempli de cœur.

LE COMTE DE MONTDORÉ

Henry nous en a parlé souvent; il a eu des mal-

heurs : cette guerre qui nuit beaucoup aux industriels, prépare sa ruine.

LE COMTE DES FRAYEURS

Ruine complète, imminente. Métallurgiste en
réputation, il avait fait extraire beaucoup de mine-
rais et il n'a pu les mettre en œuvre. Ses capitaux
ont été à peu près tous engloutis dans cette opé-
ration. Aussi, ne suis-je pas très-étonné de son
ardeur à s'engager comme volontaire. Je crois
qu'il a été nommé colonel de la légion qui doit
partir demain.

HENRY DE MONTDORÉ

Et dont je fais partie ; il m'avait promis de venir nous faire ses adieux, mais il n'osera peut-être
pas. Quoique très-courageux, très-énergique, il
est timide parfois.

LE COMTE DES FRAYEURS

C'est assez la coutume des gens qui perdent leur

fortune. Fou qu'il est! ne ferait-il pas mieux d'aller en Angleterre, où il se pourrait créer une position par son intelligence et l'expérience que lui a acquise une pratique précoce ?

LE COMTE DE MONTDORÉ

Je diffère de manière de voir, Monsieur le Comte ; un homme, un Français a des devoirs à remplir au prix de sacrifices plus ou moins considérables. J'approuve celui qui ne s'y soustrait point. Nous aimons notre fils, notre cher Henry, plus que nous-mêmes ; malgré tout le deuil où va nous plonger son départ, Madame de Montdoré, ma fille et moi ne songeons nullement à le retenir.

Mme DE MONTDORÉ

Les moments de la séparation seront douroureux, l'absence bien cruelle, et qui sait ce que l'avenir nous réserve !... Les campagnes désolées reprendront leur parure et les champs dévastés se recouvriront encore de riches moissons ; mais qui nous rendra, à nous, mères désolées, les tendres objets de nos affections?

LOUISE DE MONTDORÉ, embrassant sa mère.

Nous prierons pour lui, chère mère, il nous reviendra.

Mᵐᵉ DE MONTDORÉ

Pauvres femmes impuissantes que nous sommes, il faut se contenter de gémir sur tant de maux.

LOUISE DE MONTDORÉ chante.

Sur la montagne bénie
Nous irons, chaque matin,
Prier la Vierge Marie
De veiller sur son destin

HENRY DE MONTDORÉ chante.

Sèche tes pleurs, ô ma mère,
Je reviendrai dans tes bras.
De ton fils tu seras fière ;
Je puis braver le trépas.

Mme DE MONTDORÉ

Mon fils, pendant ton absence
Nous travaillerons toujours
A soulager l'indigence
Par de généreux secours.

Pendant que Mme de Montdoré chante, M. de Montdoré et
le comte des Frayeurs paraissent émus ; M. Henry et Mlle
Louise regardent leur mère affectueusement. Dès que le chant
est achevé, un domestique paraît.

SCÈNE II

André annonce le colonel de Labruyère. Henry de Montdoré
va au-devant de lui et lui touche la main. Le comte des
Frayeurs est très-froid.

LE COLONEL DE LABRUYÈRE, saluant.

J'ai l'honneur de présenter mes hommages respectueux à Monsieur le Comte et à Madame la Comtesse.

(Il salue Mlle Louise très-respectueusement, fait un salut moins profond au comte des Frayeurs, qui le lui rend légèrement.)
A la famille de Montdoré :

A la veille de mon départ, j'ai pensé que vous permettriez à votre très-humble serviteur de vous présenter ses devoirs et de vous faire ses adieux.

LE COMTE DE MONTDORÉ

Nous sommes très-sensibles à cette démarche et vous félicitons de l'ardeur, de l'empressement que vous mettez à devancer l'heure de votre départ; cette conduite est d'une belle âme, d'un excellent cœur.

HENRY DE MONTDORÉ

N'est-il pas vrai, mon père, que les légionnaires

ne pouvaient faire un meilleur choix pour leur colonel ?

LE COMTE DE MONTDORÉ

Certainement ils ont fait preuve de beaucoup de jugement.

LE COMTE DES FRAYEURS, à part.

Est-il fier de porter ce costume de colonel ! aussi n'a-t-il pas manqué de le revêtir pour cette visite.

LE COLONEL DE LABRUYÈRE

Je tâcherai de me rendre digne de cet honneur ; les légionnaires sont tous pour moi des amis, des frères. Je mettrai donc tout mon zèle à alléger les souffrances que la guerre impose, ou du moins je les partagerai fraternellement avec eux.

Mme DE MONTDORÉ

Monsieur de Labruyère ! Colonel, veillez sur mon fils, c'est l'ardente prière d'une mère.

LE COLONEL DE LABRUYÈRE

Oh ! Madame, si jamais l'occasion se présente de montrer l'attachement, le respect que je dois à votre honorable famille, je bénirai mon sort. Que je serais fier, Madame, si nos légionnaires pouvaient éviter à la cité lyonnaise les horreurs d'un siége dont l'issue, je le crains, serait encore malheureuse ! J'ai bon espoir en la valeur lyonnaise, secondée par la prière si puissante de cœurs charitables et purs comme les vôtres.

LE COMTE DE MONTDORÉ

Monsieur de Labruyère, acceptez avec nous une tasse de thé ?

HENRY DE MONTDORÉ

Allons, mon Colonel, ce sera bien vite bu ; acceptez.

LE COMTE DES FRAYEURS, à part.

Que de prévenances !... je me rassure : c'est de la protection, il est bien digne de pitié.
(Avec ironie.)
C'est demain qu'aura lieu la remise du drapeau, Monsieur de Labruyère ?

LE COLONEL DE LABRUYÈRE

Oui, demain à 11 heures du matin. Monsieur le Comte assistera sans doute à cette cérémonie ?

LE COMTE DES FRAYEURS

Non, je prendrai une autre direction.
(A part.)
Ces démonstrations sont si absurdes !

MADAME DE MONTDORÉ

Nous n'abuserons pas de vos moments, Monsieur

de Labruyère. Ce sont les derniers qui vous res-
tent, vous les devez à votre famille.

LE COLONEL DE LABRUYÈRE

A ma mère, à ma sœur qui comme vous, Mesdames, sont dans une affliction pleine d'angoisses.
Quand l'absence leur paraîtra trop douloureuse,
c'est auprès de vous, je le sais, qu'elles viendront
puiser quelques consolations, quelque espoir ; elles
uniront aux vôtres leurs efforts charitables pour
le bien-être des défenseurs de la patrie, pour le
soulagement des pauvres blessés.

MADAME DE MONTDORÉ

Les malheurs communs, des occupations sem-
blables ne peuvent qu'ajouter à la sympathie
qu'elles nous ont toujours inspirée.

LE COMTE DES FRAYEURS, à part.

Est-il mielleux ! voudrait-il contracter des relations, de l'intimité ?

(S'adressant au colonel de Labruyère.)

Toutes les infortunes trouvent en ces dames un constant appui, toutes les misères un généreux secours.

LE COLONEL DE LABRUYÈRE

Faites-vous allusion, Monsieur le Comte, aux malheureuses opérations qui nous ont enlevé la plus grande partie de notre fortune ? Il nous reste assez de dignité, croyez-moi, pour repousser les dédains affectés et la protection insolente.

LE COMTE DES FRAYEURS

Restez calme dans la mauvaise fortune, Monsieur de Labruyère, les infidélités de l'inconstante déesse ne seront que passagères. Que n'arrange-t-on pas, par exemple, au moyen d'un brillant mariage ?

LE COLONEL DE LABRUYÈRE

De grâce, le moment n'est point opportun pour

parler d'actes qui ne peuvent se contracter qu'en des jours heureux. Dieu veillera sur ma destinée ; à lui je la confie.

(Un domestique annonce Mme Alberthini.)

SCÈNE III

Mme ALBERTHINI

Selon votre désir, Monsieur le Comte et Madame la Comtesse, je viens recevoir votre offrande pour la défense nationale. J'espère que ce soir le concert donné dans ce louable but aura du succès.

Mme DE MONTDORÉ

Votre charitable concours nous l'affirme à l'avance.

LE COMTE DE MONTDORÉ

Quel morceau chantez-vous?

Mᵐᵉ ALBERTHINI

Un chant patriotique.

HENRI DE MONTDORÉ

Bien pour la circonstance.

LOUISE DE MONTDORÉ

Nous vous félicitons du choix.

Mᵐᵉ DE MONTDORÉ

Le départ de notre cher enfant nous privera du plaisir de vous entendre et de vous applaudir; si ce n'était point indiscret, nous vous demanderions de chanter ici ce chant national.

Mᵐᵉ ALBERTHINI

Volontiers.... Ecoutez, gentil public...

(Elle chante.)

Entendez-vous les cris d'alarmes
Retentissant de toutes parts?
Jeunes soldats, prenez les armes,
Volez, volez à nos remparts.
Entendez cet appel suprême,
Prenez pitié de ma douleur,
Vous, belle jeunesse que j'aime,
Du sol natal, ô vous, l'honneur.

Qu'il soit maudit (*bis*),
Le lâche, traître à sa patrie,
Dis avec nous, France chérie :
Qu'il soit maudit (*bis*).

Pères émus, mères craintives,
Donnez le baiser des adieux,
Aux soupirs, aux larmes furtives
Se joignent les accents pieux.

1..

C'est l'hymne saint de la patrie
Qui fait résonner les échos,
Et de cette terre chérie
Enflamme les jeunes héros.

    Qu'il soit maudit (*bis*),
    Le lâche, traître à sa patrie,
    Dis avec nous, France chérie :
    Qu'il soit maudit (*bis*).

Unissons-nous, femmes de France
Et que l'ardente charité
Exalte une juste défense,
Et console l'humanité.
Qu'elle adoucisse la souffrance,
Qu'elle encourage le devoir,
Qu'elle couronne la vaillance
Et fasse renaître l'espoir.

    Qu'il soit maudit (*bis*),
    Le lâche, traître à sa patrie,
    Dis avec nous, France chérie :
    Qu'il soit maudit (*bis*).

(Après avoir chanté, Mme Alberthini fait la quête.

LE COMTE DE MONTDORÉ, donnant son offrande.

Nous vous félicitons, Madame ; votre voix bien timbrée, souple, agréable, a parfaitement interprété ces couplets pleins de patriotisme.

LE COLONEL DE LABRUYÈRE

Mes compliments à Madame Alberthini, vous aurez beaucoup de succès, et la recette, je n'en doute pas, sera très-fructueuse. Qui pourrait refuser son offrande quand c'est pour la défense de la Nation ?

Mme ALBERTHINI, après avoir quêté.

Merci, Mesdames, Messieurs, de vos bienveillants encouragements. A bientôt !

(Elle sort. Tous l'accompagnent.)

LE COLONEL DE LABRUYÈRE

Henry, ne venez-vous pas m'accompagner?

HENRI DE MONTDORÉ

Si bien, mon colonel.
(Sortant.)
A bientôt.

SCÈNE IV

M. et Mme de Montdoré accompagnent le colonel de Labruyère ;
pendant ce temps le comte des Frayeurs dit à Mlle Louise
(avec ironie) :

Pauvre jeune homme, qu'il est fier d'être colonel ! mais avec quel peu d'aisance il porte l'uni-
forme ! Est-ce la conscience de n'avoir pas le sou
dans sa poche qui lui donne l'air si gauche ? Ah !
par ma foi, son titre de comte ne lui servira pas à

grand'chose; il ne pourra épouser qu'une bourgeoise. N'êtes-vous pas de mon avis, Mademoiselle Louise ?

LOUISE DE MONTDORÉ

Il peut élever plus haut ses prétentions : il a une belle âme, un excellent cœur, de tendres sentiments filials, l'amour de sa patrie.

LE COMTE DES FRAYEURS

Bagatelle que tout cela ! On se lasse vite dans la pauvreté d'admirer les héros, tandis que les plaisirs offerts par la fortune sont une coupe délicieuse, inépuisable, que l'on savoure avec délices. Ah ! chère Louise, pourquoi la guerre est-elle venue retarder le jour de l'union que j'ambitionne ?

LOUISE DE MONTDORÉ

Pour vous familiariser, sans doute, avec l'esprit de sacrifice.

LE COMTE DES FRAYEURS (à part).

Cher ange !...

1...

SCÈNE V

M. DE MONTDORÉ (venant d'accompagner le colonel de Labruyère, dit au comte des Frayeurs :)

Vous avez montré au colonel beaucoup de froideur, d'indifférence, je dirai presque d'hostilité.

LE COMTE DES FRAYEURS

Nous avons une manière divergente de voir les choses; une position sociale différente, des relations qui nous séparent complètement. Soit conséquence de ses récentes pertes, soit absurdes idées philanthropiques et égalitaires, il ne fraye plus qu'avec des jeunes gens de deuxième ordre, il déserte les cercles aristocratiques; en un mot, il est obligé de s'imposer des privations! Je le plains fort et ne prise point sa société.

Mme DE MONTDORÉ

J'avoue, bien au contraire, qu'il m'inspire le plus
vif intérêt. Pauvre jeune homme, avec quelle
fierté, quelle noblesse il supporte ses revers ! Je
redoute son bouillant et généreux courage : s'il
venait à mourir, quelle perte pour cette famille
dont il est le soutien !

Mlle LOUISE

Et moi, chère maman, je crois à sa bonne étoile
et je ne puis rien supposer de sinistre en ce qui le
concerne.

ANDRÉ, domestique de Mme de Montdoré, annonce :

Monsieur le Comte et Madame la Comtesse sont
servis.

(Le comte des Frayeurs offre son bras à Mme de Montdoré ;
M. le comte à sa fille ; celle-ci dit à André :)

Dites à Caroline de faire un gros paquet de toutes

ces bandes roulées; l'expédition doit avoir lieu demain.

(Ils sortent.)

SCÈNE VI

CAROLINE, femme de chambre (faisant le paquet).

Comme ces dames ont travaillé ! Malgré les instances du comte, elles ne veulent pas quitter Lyon : elles ont raison.

(Elle va ranger une chaise vers la porte qui s'entr'ouvre.)

JACQUES, domestique du comte des Frayeurs,
dit en se montrant :

Voulez-vous que je vous aide, Mamzelle Caroline?

(Il entre dans le salon.)

CAROLINE (ressaute, court).

Oh ! que j'ai eu peur ! j'ai cru que c'était un Prussien ; depuis cette malheureuse guerre on est toujours effrayée.

JACQUES

N'ayez pas peur, c'est moi ; tenez, Mamzelle Caroline, un bonbon anglais ; je crois en avoir dans ma poche, tenez, remettez-vous.

CAROLINE

Aussi pourquoi venir si brusquement ?

JACQUES

Vous vous trompez, trop doucement, je ne voulais pas que l'on m'entendît.

CAROLINE

Vous avez bien réussi ; j'ai crié assez fort ! sortez,
sortez vite ; quelqu'un pourrait venir et je ne veux
pas me compromettre.

JACQUES

Ni moi non plus. Mais rassurez-vous, on serait
déjà là si vous aviez été entendue ? Mamzelle Caroline, quittez-vous Lyon ? venez-vous à Monaco ?

CAROLINE

Fi donc ! c'est bon pour les peureux, comme
votre maître ; en voilà un homme !... le suivez-
vous ?

JACQUES, à part.

Faut-il dire non ? partons pour la vérité...
(Haut).
Il faut bien que je le suive ; que ferais-je ici ?

avec vous le temps ne me durerait pas, mais
hélas ! il ne faut pas trop compter sur votre obli-
geance.

CAROLINE

Vous feriez ce que tout homme doit faire devant
l'ennemi.

JACQUES

Mamzelle Caroline, je veux me conserver pour
vous.

CAROLINE

Poltron que vous êtes ! vous ferez bien alors
d'accompagner Monsieur le Comte des Frayeurs,
votre maître, un peureux de première force. Je
crois que c'est lui qui fait déteindre sur vous un
peu de son digne caractère. Je n'aime pas cette
sorte d'hommes.

JACQUES

Alors vous ne m'aimez pas ?

CAROLINE

Moins maintenant qu'autrefois. Quelle sécurité peut avoir la femme d'un homme poltron qui, dans l'occasion, bien loin de la rassurer, lui met le tremblement dans le corps! Tenez, depuis que je cause avec vous, je me sens moins hardie, vous voyez ce que c'est que les mauvaises fréquentations.

JACQUES

Il me semble à moi avoir gagné ce que vous avez perdu : votre parole énergique me fortifie, et si je restais longtemps avec vous, je crois que je ferais comme Monsieur de Labruyère, je m'engagerais et ferais un bon soldat.

CAROLINE

Voilà un homme, voilà un Français. Votre Comte des Frayeurs n'a que la surface d'un homme.

Il porte admirablement son nom ! Il a peur de tout.

JACQUES

Sauf DE Mademoiselle Louise, votre jeune maîtresse.

CAROLINE

Je serais bien surprise si ces deux natures sympathisaient.

JACQUES

Il a tant de fortune !

CAROLINE, vivement.

Qui vous parle de fortune? D'ailleurs Mademoiselle aussi est riche. Si j'étais à sa place, je choisirais un homme duquel je pourrais être fière, un vrai gentilhomme, un héros !

JACQUES

Un zéro, autant ne prendre rien.

CAROLINE

Je ne vous dis pas zéro; je vous ai dit un héros.
Vous ne savez pas ce que c'est?

JACQUES

Non, Mamzelle, non, non.

CAROLINE

C'est un homme qui ne craint ni le danger ni la
mort.

JACQUES, à part.

Alors bien sûr je ne le serai jamais... Me voilà
bien inquiet à présent.
(Haut.)
Alors si je pars, Mamzelle, avec Monsieur, vous
ne m'aimerez plus du tout?

(A part.)

Et si je reste, si je me fais soldat et que je vienne à tourner l'œil.

(Il chante.)

> Que j'ai peur, bonne Caroline,
> Quand je pense qu'on peut mourir !
> D'tous les soldats je m'imagine
> Qu'aucun ne pourra revenir.
> Si j'étais sûr que la mitraille
> N'atteignît pas les amoureux,
> Bientôt sur le champ de bataille
> Jacques n' serait plus peureux
> Que j'ai peur, bonne Caroline,
> Quand je pense qu'on peut mourir !

> Ce soir je vas dire à mon maître :
> Je ne vais pas à Monaco.
> Loin du plaisir et du bien-être
> Je pars demain, sac sur le dos.
> Car, si j'étais un réfractaire,
> Elle ne voudrait pas de moi ;
> Je resterais célibataire,
> Et c'est trop embêtant, ma foi.

Un timbre se fait entendre. Caroline et Jacques tressaillent.

(Caroline vivement.)

On me sonne, cachez-vous vite, ou plutôt partez ; vite, vite.

(Ils sortent.)

JACQUES, en courant, dit :

Mamzelle, j'ai toujours une fière peur.

FIN DU PREMIER ACTE

DEUXIÈME ACTE

REMISE DU DRAPEAU TRICOLORE

La scène représente une place publique où sont des bataillons de Légionnaires, au milieu des faisceaux d'armes. Les Légionnaires forment des groupes ; sur le devant de la scène des officiers.

SCÈNE Ire

LE COLONEL DE LABRUYÈRE (aux officiers).

Où sont-ils, nos chers concitoyens? où le vent des batailles les a-t-il poussés? Ils sont tombés à Forbach, à Vœrth, à Vissembourg, à Sedan !

LE CAPITAINE SANS-PEUR

Ils dorment dans les champs désolés de la Lorraine et de l'Alsace.

LE LIEUTENANT BEAUVOIR

. Ils reposent devant Châteaudun, Strasbourg, Toul, Metz ; tombés sous les balles ennemies ; victimes offertes à la patrie, ils sont morts en héros.

LE COLONEL DE LABRUYÈRE

Les balles, la mitraille les ont couchés par milliers comme les épis sous la faucille, la terre qui les couvre est encore teinte de leur sang ; ce sont nos parents, nos amis perdus, engloutis prématurément par le sol natal qui devait les nourrir et leur prodiguer ses trésors.

LE CAPITAINE SANS-PEUR

Metz, la première de nos forteresses, a donc été livrée avec 150,000 soldats, leurs armes et leurs munitions. Quand ce bruit se répandit dans la ville, nous n'y crûmes pas d'abord. C'était, disions-nous, une ruse de l'ennemi pour nous épouvanter et nous désunir. Aujourd'hui la nouvelle de l'acte sacrilége est confirmée.

LE LIEUTENANT BEAUVOIR

Le malheur et le crime sont si grands, que l'histoire ne peut se résoudre à les consigner dans ses fastes.

HENRY DE MONTDORÉ (avec énergie).

C'est affreux! ah! patrie! pour toi quels deuils cruels, quels pleurs! horrible guerre, crime des rois! Conquérants inhumains, que vous importent ces blessés à faces pâles, ces sanglots et ces râles, sans pitié vous contemplez ce massacre impie!... ce spectacle d'horreur! La hache mutile, l'obus met en feu les maisons, mais plus loin la main creuse, invisible et subtile, sous vos pieds des gouffres effrayants. Moi je n'ai que vingt ans; comme vous, mes amis, je lutterai, notre force grandira dans la lutte suprême... La France est un grand peuple que l'on n'abaisse pas.

LE CAPITAINE SANS-PEUR

Honte à jamais aux hommes infâmes qui nous
ont ainsi trahis, vendus et livrés. Qu'ils soient
maudits !

LES LÉGIONNAIRES (tout haut).

Oui, oui, qu'ils soient maudits !

LE COLONEL DE LABRUYÈRE

Flétrissons aussi ces traîtres à la patrie, les réfractaires qui entachent l'honneur de la France,
qui mènent une existence oisive, qui courent de
ville en ville, de plaisirs en plaisirs, quand la
France leur mère est la proie de barbares ennemis
qui la mutilent et méditent sa perte.

LE CAPITAINE SANS-PEUR

Ils sont insensibles à tant de douleur et d'op-
probre ! qu'ils prennent garde que je n'en rencontre (*tirant son sabre*) ; ils passeraient un triste
moment.

LE LIEUTENANT BEAUVOIR

La France les repoussera à son tour ; serait-il juste que ces ingrats, ces déserteurs du devoir, jouissent des bienfaits qu'assure la patrie à ses fidèles enfants ? L'ivraie sera séparée du bon grain : aux uns l'infamie ; aux victimes, peut-être mutilées, du patriotique dévouement, des honneurs publics et les bénédictions de tous !

UN LÉGIONNAIRE

En attendant, bon nombre sont partis en Angleterre, à Monaco, en Suisse.

LE CAPITAINE SANS-PEUR

Oui, prétendant sans doute que leur faiblesse de tempérament ne leur permettrait pas de marcher nuit et jour dans la neige. Un sac sur le dos, fi donc ! Ils sont plus à l'aise dans un salon, dans une salle de jeu, là leurs forces physiques ne leur font pas défaut.

2.

LE COLONEL DE LABRUYÈRE

Oublions les absents, et, frères dans le devoir,
réjouissons-nous d'être au nombre des défenseurs
de notre glorieuse patrie.

Ne nous rappelons ces êtres chéris que nous
avons quittés que pour songer avec orgueil aux
biens précieux que nous allons travailler à leur
conserver : l'honneur et l'indépendance. Aux forts,
les combats et les dangers ; aux faibles, la charitable vigilance et toutes les vertus civiques qui
honorent les fils et les filles de France !...

LES LÉGIONNAIRES

Vive, vive notre colonel !

(Roulement de tambour.)

SCENE II

BEAUVOIR, officier d'ordonnance.

Mon colonel, le Maire vient offrir le drapeau.

(Le colonel de Labruyère va au-devant de lui, les officiers le suivent et entourent le Maire, les Légionnaires s'approchent.)

(Entrée de la Fanfare.)

LE MAIRE

Légionnaires, vous connaissez nos malheurs ! Quelle que soit l'étendue de nos désastres, ils ne sauraient nous abattre. Volez au champ de bataille, héros de la sainte cause de la justice et du droit ! Je viens, au nom de la cité lyonnaise, vous offrir ce drapeau, cette bannière de l'indépendance. Que votre constance lasse l'adversité ! C'est la patrie elle-même qui jette le cri d'alarme, mais

qui sourit malgré ses blessures à ses braves défenseurs ; c'est elle qui vous dit : Braves Légionnaires, ne désespérons ni de la France, ni de la République !...

TOUS

Vive la République !

LE COLONEL DE LABRUYÈRE (recevant le drapeau).

Salut, ô drapeau tricolore,
Noble étendard de nos aïeux !
Puisse une glorieuse aurore
Se lever bientôt à nos yeux.
Noble étendard de notre France,
Nous te suivons, guide nos pas ;
Tes plis retiennent l'espérance ;
A te voir, quel cœur ne bat pas ?
} bis.

Bientôt la France humiliée
Relèvera son noble front,
Quand de cette terre souillée
Ses fils auront vengé l'affront.
Noble étendard de notre France,
Nous te suivons, guide nos pas ;
Tes plis retiennent l'espérance ;
A te voir, quel cœur ne bat pas !
} bis.

Jeunes héros que la victoire
Attend dans les champs de l'honneur,
Ramenez notre antique gloire
Sur les ailes de la valeur.
Noble étendard de notre France
Nous te suivons, guide nos pas,
Tes plis retiennent l'espérance ;
A te voir, quel cœur ne bat pas?

bis.

Pendant que le colonel et les officiers accompagnent le
Maire, Brigitte, la vivandière, dit au porte-drapeau :

Tenez-le bien, ce drapeau, et si jamais un Prussien s'en approche pour le prendre, qu'il expie
son impudente audace. Je crois que j'aimerais
mieux mourir dix fois que de le céder. Avancez,
mes amis.

UN LÉGIONNAIRE

Allons, Brigitte, un peu vite, nous avons soif.

BRIGITTE (chante).

Buvez, Légionnaires ;
Buvez, réchauffez-vous ;
Je suis la vivandière
Dont chacun est jaloux.

LES LÉGIONNAIRES (en chœur).

Buvons, Légionnaires,
Buvons, réchauffons-nous ;
Aimons la vivandière
Dont chacun est jaloux.

Oui, je suis la cantinière
De la grande légion ;
Je marcherai la première
En tête du bataillon.
Vous me verrez, intrépide,
Vous suivre au lieu du combat,
Braver la balle homicide
Qui menace tout soldat !
  Buvez, Légionnaires,
  Buvez, réchauffez-vous,
  Je suis la vivandière,
  Dont chacun est jaloux.

Buvons, Légionnaires ;
Buvons, réchauffons-nous,
Aimons la vivandière,
Dont chacun est jaloux.

A l'œuvre patriotique
La femme sait concourir
Et son courage civique,
Saura ne point défaillir.
Quel constant zèle l'anime
Dans cette grande cité !
Pour toute noble victime
Quelle douce charité !
Buvez, Légionnaires.

Brigitte va vers les officiers, et dit :

« Il fait bien froid, Messieurs, désirez-vous un peu de vin chaud, bien chaud, extra chaud ? »

LE LIEUTENANT BEAUVOIR

Non, merci, bonne, aimable Brigitte.

SCENE III

LE COLONEL DE LABRUYÈRE

Merci, Brigitte, un peu plus tard !
(A part.)
Elle me paraît décidée, courageuse.
(Haut.)
Dites-moi, Brigitte, n'étiez-vous pas déjà vivandière au 35ᵉ de ligne, lors de la bataille de Solferino ?

BRIGITTE

Oui, oui, mon colonel, y étiez-vous ?

LE COLONEL DE LABRUYÈRE

Mon oncle, le général de Labruyère, m'a parlé des services rendus par une cantinière du nom de Brigitte, qui avait sauvé la vie à plusieurs de nos soldats.

BRIGITTE

C'est moi, colonel, et je suis prête à le faire encore aujourd'hui pour vous, et pour tous ces braves Lyonnais qui vont travailler à la défense de la patrie.

Un roulement de tambour se fait entendre ; le colonel fait rompre les faisceaux, etc.; les légionnaires, précédés de la Fanfare, partent en chantant. Pendant leur parcours ils reçoivent des fleurs ; des dames à un balcon agitent leurs mouchoirs et jettent un bouquet.

(Chantant.)

Noble étendard de notre France,
Nous te suivons, guide nos pas.
Tes plis retiennent l'espérance ;
A te voir, quel cœur ne bat pas ?

FIN DU DEUXIÈME ACTE

TROISIÈME ACTE

LE BIVOUAC

La scène représente un bivouac. La neige tombe.

———

SCÈNE Ire

UN LÉGIONNAIRE

RÉCITATIF CHANTÉ

Il faut avoir de la prudence,
Car nous pouvons être surpris.
Veillons donc avec diligence,
Guettons nos mortels ennemis,
Pendant que l'on fera la soupe,
Ah! sentinelle, veillez bien,
Souvent ils fondent sur la troupe
Quand les gens n'se doutent de rien.

CHŒUR

Que notre diligence
Veille sur l'ennemi,
Ayons de la prudence,
Ne soyons point surpris.

LE COLONEL DE LABRUYÈRE, sur le devant de la scène,
sous une tente, dit :

Pour buvard prenons un sac; profitons de ce moment pour écrire à ma mère. Qu'il fait froid !

(Soufflant dans ses mains pour se réchauffer.)

Voyons, pourrai-je écrire? Une mère lit toujours son fils.

Henry de Montdoré écrit sur le devant de la scène.
Pendant qu'il écrit, les légionnaires chantent :

Que notre diligence
Veille sur l'ennemi.
Ayons de la prudence,
Ne soyons point surpris,

UN LÉGIONNAIRE

Choisissons les légumes.
Allons, dépêchons-nous,
Et des poulets sans plumes
Savourons le haut goût.

Chœur. Que notre diligence
Veille sur l'ennemi.
Ayons de la prudence,
Ne soyons point surpris.

Nous n'avons point de beurre.
Du lard, c'est excellent ;
Bien rance, à la bonne heure,
C'est un mets succulent.

Les Légionnaires ayant achevé, le colonel se lève, lit sa lettre
haut :

J'ai reçu ce matin ton précieux message.
Lorsque j'étais petit tu me disais : sois sage !...
Laisse-moi maintenant te le dire à mon tour.
Mère, pour ton fils prie, espère en son retour.

J'ai trouvé dans ton pli l'empreinte de tes larmes;
Oh ! combien j'ai souffert de ces tendres alarmes!
Je viens, sur mes genoux, me servant de buvard,
T'écrire quelques mots, car peut-être plus tard
Le clairon sonnera la prochaine tempête
Où notre légion, qu'aucun danger n'arrête,
Ira, pleine d'ardeur, d'un courage constant,
S'opposer aux Prussiens dans un combat sanglant,
Notre repas du soir n'est point à trois services :
La soupe aux choux, du lard. Au multiples offices
On s'inquiète peu des hors-d'œuvre divers,
Des énormes gâteaux et des friands desserts.
Plus de verres à pied où le joyeux champagne
Moussait tout pétillant, où ma folle compagne
Plongeait sa lèvre rose en me disant tout bas:
Vous m'aimerez toujours?... Je ne répondais pas.
Nous campons dans les bois, au milieu de la neige.
Quinze degrés de froid !... Par un beau privilége
Je me porte très-bien, moi frileux autrefois,
Mère, tu t'en souviens ; près du gros feu de bois
Je me plaignais toujours que l'épaisse tenture
N'interceptât pas l'air ; bien souvent, je le jure,
De très-mauvaise humeur, d'un geste impatient,
Je sommais l'ouvrier de venir, à l'instant,
M'apporter le secours d'une utile industrie;
Tu me pardonnais, mère. Au printemps de la vie
On ne s'occupe, hélas! que de jeux, de plaisirs.
Maintenant, bon soldat, tous mes pressants désirs

Sont de contribuer à sauver notre France,
D'exercer justement ma terrible vengeance
Pour que, dans peu de temps, le dernier des Prussiens,
Couché sur la poussière, expire loin des siens.
Oh ! je la vois toujours, notre vaillante armée,
Dans un nuage épais de poudre et de fumée,
Qui bientôt la dérobe à l'avide regard,
De cadavres humains se faisant un rempart ;
Là, de bien chers amis, de qui les funérailles,
Lugubres, ont eu lieu sur le champ de bataille,
M'ont dit en expirant : C'est pour la liberté,
La gloire de la France et son intégrité !
Tous nous avons juré près du corps de nos frères
D'être toujours unis sous les nobles bannières
Qui mènent au combat, pour conserver les droits
De la patrie en deuil, fière de nos exploits.
Peuples dont les sueurs font la terre féconde,
Repoussez donc ces rois à conscience immonde
Qui, laissant le champ libre à leurs ambitions,
Pour égorger en grand arment les nations,
Qui violent leurs serments ou vendent leur patrie.
A nous, ô Providence, et vienne l'agonie,
Suivie enfin bientôt de l'éternel trépas
De ce régime honteux qui ne te connaît pas.
Dans ce dernier combat que d'horribles spectacles !
Ton fils, plein de sang-froid, a bravé les obstacles
Je voyais sans trembler éclater dans les airs,
A travers la poussière, une suite d'éclairs ;

Souvent aussi le bruit de la balle homicide
Sifflait à mon oreille, alors bien intrépide ;
Plus d'une déchira ma veste et mon shako,
Mais j'allais les bravant, le lourd sac sur le dos.
Je ne suis pas blessé, le croirais-tu, ma mère ?
Tu me l'avais bien dit, que la croix de mon père,
Reposant sur mon cœur, protégerait mes pas
Et serait mon égide au sein des fiers combats.
Se cache-t-il toujours, ce paisible poëte
Qui consacre son temps à taire la conquête
De quelques mots flatteurs pour ses faibles écrits,
Pour d'inutiles vers, dont il est trop épris ?
Ce Parisien gascon ne manque pas d'audace :
Car, à notre départ, je l'ai vu prendre place
Au premier de nos rangs dans la rue de Lyon,
Où chacun saluait la grande légion.
On dit qu'il est garçon, sans parents, seul au monde.
Il ose rester sourd à la douleur profonde
De la patrie en pleurs qui demande un appui
A ses enfants aimés. Il la méconnaît, lui...
Allons, regarde aux cieux, et que ton âme écoute
La voix qui retentit pour t'indiquer la route ;
Elle mène au devoir : accepte donc du sort
Privations, douleurs, et souris à la mort.
Mère, tu graviras la montagne bénie
Où les bons Lyonnais pour leur chère patrie
Vont adresser le vœu sincère, pur, fervent
Que la mère du Christ au paradis entend.

Tu porteras pour moi devant la croix de pierre
L'immortelle !... humble fleur, que vénérait mon père ;
Ta voix proférera du tertre de gazon
Pour les deux chers absents une ardente oraison.
Dépose sur le front de ma sœur Marguerite.
Des baisers maternels ; que la douce petite,
Assise à tes côtés, te console toujours.
Mère, nous serons trois : la charmante Louise
La fille du banquier, tu le sais, m'est promise,
Elle connaît mon cœur et m'a donné sa foi ;
Bonne, douce, agréable, elle est digne d'un roi.
Mais consentirait-elle à vivre de sa vie ?
Elle a trop de vertus. Ma Louise chérie
Repousserait son or pour les simples présents
Que mon cœur, que l'hymen offre à ses jeunes ans.
De mon prochain retour que la douce espérance,
Baume des cœurs blessés, allège ta souffrance ;
L'espoir peut rayonner sur le dernier adieu,
Car la mère et le fils se retrouvent en Dieu.

                                    26 février 1871.

Le colonel donne ensuite sa lettre au vaguemestre, et dit :

Portez vite cette lettre ! puisse-t-elle rassurer
une mère, une sœur.

                                    2..

(Allant vers Henry de Montdoré.)

Je vois que, comme moi, vous venez d'écrire à votre famille.

HENRY DE MONTDORÉ

Après quatre heures de combat nous ne pouvions mieux consacrer nos instants qu'à nos familles inquiètes. Si nous nous approchions de ce bon feu qu'ont su se procurer nos industrieux Légionnaires ? De Labruyère, je crois que nous ne jouirons pas d'un long repos, et que nos positions, conquises aux prix de tant d'héroïques efforts, ne tarderont pas à être attaquées de nouveau.

LE COLONEL

Avec quel ensemble, quelle intrépidité ont marché nos braves volontaires ! Ce sont déjà des soldats aguerris qui font en moi renaître quelque espoir.

SCENE II

UN OFICIER D'ORDONNANCE

Colonel, des éclaireurs annoncent qu'ils ont aperçu une colonne ennemie.

LE COLONEL DE LABRUYÈRE

Soldats, n'attendons pas ici l'imprudent Prussien. En avant, et vive la patrie !

(Il chante.)

Allons, braves soldats, la victoire s'apprête ;
Du canon meurtrier réveillons la tempête ;
Volons à l'ennemi ; qu'il tombe sous nos coups ;
Un généreux effort, la victoire est à nous.

BRIGITTE (avec ardeur.)

Je veux vous suivre, mon colonel !

LE COLONEL LABRUYÈRE

Attends encore, nous pourrons revenir, attends!...

BRIGITTE (l'accompagnant).

Il faut obéir, colonel. Bonne chance !...

(Elle chante.)

Daignez, ô Providence,
En ces néfastes jours,
Aux fiers soldats de France
Prêter votre secours.
Préservez cette gloire
Qu'en des temps plus heureux
Sut donner la victoire
A nos fils valeureux.

SCENE III

BRIGITTE, continuant.

Quelle journée épouvantable que celle d'hier !
quatre heures de combat ! Braves Légionnaires du
Rhône, comme ils étaient intrépides ! J'ai vu cette
douloureuse mêlée, l'horrible scène d'un champ
de bataille ! Alors que, suivant nos dignes Sœurs
hospitalières, je donnais des secours à nos pauvres
blessés, j'ai vu des Prussiens achever à coups de
crosses de fusil ces malheureuses victimes.

Je m'écriai : Arrêtez, cruels ! Aussitôt plusieurs
décharges se font entendre, une Sœur qui consolait
un mourant tombe frappée au cœur. J'ai bien re-
tenu ses dernières paroles. « Seigneur, disait-elle,
envoyez votre paix sur la terre. » J'ai échappé moi-
même comme par miracle.

(Avec surprise.)

Le canon se fait entendre ! La lutte est engagée !
Quelle en sera l'issue ? La fusillade se rapproche...

2...

Essayons de les découvrir !... Que de têtes !... Que
de poitrines humaines !... Quelle fureur homicide
et quelle moisson pour la mort !

SCÈNE IV

UN LÉGIONNAIRE blessé, arrivant, crie :

Brigitte, Brigitte, du secours !

BRIGITE

Oui, mon ami, oui. (Elle le panse.) Sommes-nous
heureux ?

LE LÉGIONNAIRE blessé.

Si nous sommes battus, nous n'aurons rien, du
moins, à nous reprocher ; ils devront tout au nombre. Ah ! si vous aviez vu le brave colonel, avec

quelle intrépidité il avançait, insoucieux du danger, comment deux chevaux tués sous lui ne parviennent pas à arrêter son élan, à modérer son bouillant courage.

BRIGITTE

Venez près du feu, vous serez mieux, et prenez quelques gouttes de ce cordial. Hélas! que de blessés nous arrivent! Le colonel lui-même atteint grièvement, si j'en crois les mornes regards de ceux qui l'environnent.

SCÈNE V

BRIGITTE, s'adressant à Henry de Montdoré.

Eh bien?

HENRY DE MONTDORÉ

Battus, refoulés, presque anéantis. Le colonel, quoique blessé, s'est soulevé pour repousser les

barbares, et, le dirai-je, ô douleur! en me sauvant
la vie il aura peut-être trouvé la mort.

Vivement pressé, menacé de baïonnettes ennemies, je criais d'instinct, sans espoir d'être entendu : A moi, frères ! quand le colonel se précipite
et me prête un secours inespéré ; je respire ; je me
dégage, je me hâte, car le péril dont il m'a délivré
le menace lui-même, et, moins heureux que moi,
il ne trouve de défenseurs que pour l'enlever, res-
pirant encore, au pouvoir de l'ennemi.

HENRY au colonel, qui entre, soutenu par les soldats.

Vous souffrez beaucoup, cher colonel ?
(A part.)
Quelle pâleur mortelle !

Le colonel DE LABRUYÈRE, blessé au front.

Tout n'est pas désespéré. Un homme ne doit-il
pas savoir souffrir, et la mort du chevalier sans
peur et sans reproche peut-elle être mal accueillie
d'un soldat ? Ce trépas glorieux, je puis l'envisa-
ger d'un œil calme quand des images chères ne se

présentent point à mon souvenir. Une mère, l'af-
fectueuse compagne de mon enfance, et vous le
dirai-je, cher Henry, une autre vision céleste, par
qui j'espérais un jour vous nommer mon frère.
Adieu, douces joies du foyer paternel, adieu,
douces espérances d'avenir, vous ne troublerez
plus un mourant; et toi, patrie, qui résumes tous
les amours, recueille mes derniers vœux, qui
s'exhaleront pour toi avec mon dernier soupir.

Le capitaine Sans-Peur arrive en tenant le drapeau presque
en lambeaux et tombe mort en disant :

Vive la France !

FIN DU TROISIÈME ACTE

QUATRIÈME ACTE

LES RÉFRACTAIRES A MONACO

La scène représente un bal champêtre à Monaco. — Sur le
devant de la scène le comte des Frayeurs, une jeune fille,
Mlle Qu'importe, se promènent. Un valet de pied attend
des ordres. De distance en distance d'autres personnes
causent.

SCÈNE 1re

LE COMTE DES FRAYEURS

Quel beau ciel! qu'il fait bon respirer cet air
pur!

Mlle QU'IMPORTE

Tout nous est favorable pour passer la plus
agréable des soirées. Vous n'irez pas au jeu, n'est-
ce pas, mon chéri ?

LE COMTE DES FRAYEURS

Ma journée serait incomplète si je ne l'achevais
par quelques parties d'échecs.

Mlle QU'IMPORTE

Vous avez tort de persister à jouer ; avez-vous
déjà oublié cette malheureuse nuit, que dis-je, cette
nuit? vous êtes rentré à trois heures du matin. Je
devrais dire ce sommeil matinal si violemment
agité. Vous avez beaucoup perdu, n'est-ce pas ?
avouez-le-moi.

LE COMTE DES FRAYEURS

80,000 francs. J'étais avec le fils d'un négociant
qui depuis la guerre est, comme moi, résidant ici.

Il m'avait promis de venir avec sa belle faire un entrechat. Mais il me semble l'apercevoir.

Mlle QU'IMPORTE

De quel côté ?

LE COMTE DES FRAYEURS

A droite.

Mlle QU'IMPORTE

Savez-vous qu'il est bel homme ! Et il a été réformé ? Que je suis oublieuse ! vous aussi, vous l'avez été, et pourtant quelle santé ! Car il faut que vous en ayez une forte pour supporter des loisirs si bien remplis. Vous avez évité le 2me conseil de révision.

LE COMTE DES FRAYEURS

Dès que la guerre fut déclarée, je pris le seul parti compatible avec le progrès des mœurs publiques, qui condamnent irrévocablement la guerre.

Mlle QU'IMPORTE

Si tous les Français avaient partagé vos vues à ce sujet, les Prussiens envahiraient la France sans nulle résistance, et quelle honte, quel malheur!...

LE COMTE DES FRAYEURS

Cette résistance est bien faible et bien inutile, je t'assure ; aussi je m'applaudis de respirer avec toi cette brise délicieuse, de parcourir à tes côtés les allées ombreuses de ce magnifique parc.

Mlle QU'IMPORTE

Je crains que, lorsque la paix sera signée, vous ne soyez du nombre de ceux qui seront appelés réfractaires ; cet adjectif est peu qualificatif, je vous assure.

LE COMTE DES FRAYEURS

Qu'importe, chère amie? je ne le suis point à tes attraits charmants; ne te livre donc pas à la mélancolie.

JACQUES, valet de pied (à part).

Mamzelle vient de dire que, lorsqu'on rentrera, ceux qui n'auront pas servi, on les appellera réfrac, réfrac, réfractaires (qu'est-ce que cela veut dire?). Je serai du nombre, moi. Mais ce n'est pas de ma faute, c'est celle de mon maître; il avait si grand' peur que, ma foi, je l'ai suivi, ne me sentant pas trop rassuré.

LE COMTE DES FRAYEURS, à Jacques.

Vous pouvez rentrer, vos services me sont présentement inutiles. Venez me chercher au cercle à trois heures du matin, avec mon coupé.

JACQUES, saluant.

Oui, Monsieur le Comte.
(A part.)
Pourvu qu'il soit de meilleure humeur qu'hier; il paraît qu'il a beaucoup perdu : si cela continue, j'ai crainte que toute sa fortune n'y passe. Mais il est comte, il trouvera facilement quelque place

lucrative, quoique réfractaire ! tandis que moi, son valet !... suffit...

LE COMTE DES FRAYEURS

Mon amie, je crois ne pas me tromper, voici Monsieur Charles Velouté qui s'approche.

(Allant au-devant.)

SCÈNE II

M. VELOUTÉ, saluant.

J'ai l'honneur de vous saluer, Monsieur le Comte ; êtes-vous disposé, ainsi que Madame, à faire un quadrille, une valse ? La soirée est délicieuse.

Mᴸˡᵉ GABRIELLE

Sous l'épaisse allée de sycomores.

Mᴸˡᵉ QU'IMPORTE

Après la danse je bois volontiers du champagne.

LE COMTE DES FRAYEURS

Nous en aurons, et du frappé.

M. VELOUTÉ ET MADEMOISELLE GABRIELLE

Nous n'en buvons jamais d'autre.

Mlle QU'IMPORTE (avec joie).

Allons à la danse,
Réjouissons-nous ;
La valse commence,
Le prélude est doux.

LE COMTE DES FRAYEURS

Partons, ma compagne,
Volons au plaisir ;
Buvons du champagne
Selon ton désir.

M. VELOUTÉ à GABRIELLE

Viens, ma douce amie,
Sur l'épais gazon,
Où l'herbe fleurie
Cache le grillon.

Ah! ah!
Viens, ma toute belle,
Ah! ah!
Viens te reposer;
A l'ami fidèle
Accorde un baiser. } *Bis.*

Mlle GABRIELLE ET Mlle QU'IMPORTE

Allons à la danse,
Réjouissons-nous;
La valse commence,
Le prélude est doux.

LE COMTE ET M. VELOUTÉ

Partons, ma compagne,
Courons au plaisir;
Buvons du champagne
Selon ton désir.

LE COMTE DES FRAYEURS

Loin des bruits de guerre
Nous vivons heureux.
Est-il donc sur terre
Plus aimables lieux?

Quoique réfractaires,
Nous sommes joyeux
Et célibataires
Bien peu soucieux.

TOUS ENSEMBLE

Allons à la danse,
Réjouissons-nous ;
La valse commence,
Le prélude est doux.

LE COMTE ET M. VELOUTÉ

Partons, ma compagne,
Volons au plaisir ;
Buvons du champagne,
Selon ton désir.

Tout le corps de ballet exécute diverses danses ; pendant un repos, un réfractaire très-prétentieux cherche à faire la cour à une jeune danseuse et s'approche avec elle sur le devant de la scène.

SCÈNE III

LE GASCON

Louisette, vous êtes jolie, voulez-vous m'aimer?

LOUISETTE

Comme vous me demandez ça avec assurance !
on dirait qu'il n'y a qu'à le demander?

LE GASCON

Comment faut-il donc commencer?

(La caressant.)

LOUISETTE (avec emportement).

Pas si vite, pas si vite, il faut d'abord que je sa-
che qui vous êtes, votre pays, votre fortune, vos
titres.

LE GASCON

Ce sera bien long de vous dire tout cela et le temps me dure d'aller danser avec vous.

LOUISETTE

Je n'aime pas danser avec le premier venu.

LE GASCON

Je suis assez extraordinaire pour ne pas être considéré comme le premier venu.

> Je suis de la Gascogne,
> Quoique habitant Paris ;
> Je crains bien la besogne,
> Peureux comme souris,
> J'ai fui la capitale
> Avant le siége affreux,
> Bravement je m'installe
> Dans ces superbes lieux.

LOUISETTE (à part).

Un peureux, fi donc !

3.

LE GASCON

Peu d'argent dans ma poche,
Je vis comme je peux.
J'aime bien la bamboche,
Je connais tous les jeux.
J'ai cherché dans la ville
Un emploi d'écrivain :
Mais c'est peine inutile,
C'est toujours pour demain.

LOUISETTE

Peureux, malheureux ! ça ne peut pas me con-
venir; peine perdue, Monsieur le Gascon, peine
perdue.

(S'en allant.)

LE GASCON (lui courant après).

Mais, attendez donc, je n'ai pas fini.

LOUISETTE

Que pouvez-vous donc encore vouloir me dire ?

LE GASCON

Je plais assez aux belles :
Mon veston de velours,
Noir comme mes prunelles,
Exalte leurs amours.
L'épaisse chevelure
Sied bien à mon grand front.
Admirez ma tournure,
Voyez, j'ai de l'aplomb.

LOUISETTE

Fi donc! un réfractaire
Est un homme sans cœur,
Pour condition première
J'aime un homme d'honneur.
Ah ! si j'étais la France
Et qu'on me fît des traits,
Pour punir l'insolence
Je me mettrais en frais.

Louisette, après avoir chanté, va se réunir aux danseurs. Le Gascon cherche à danser avec toutes les danseuses, qui le repoussent.

Mlle QU'IMPORTE au comte des Frayeurs.

J'aimerais que le jeune gitano que nous avons
entendu hier revienne ce soir. J'adore son *Rêve à
Monaco,* il le chante à ravir.

LE COMTE DES FRAYEURS

Il doit revenir, ma belle, et si je ne me trompe
pas, le voici qui s'approche.

(Le gitano salue.)

Mlle QU'IMPORTE

Nous vous attendons avec une vive impatience,
et vous prions de chanter.

Le gitano chante, s'accompagne avec des castagnettes. Au
refrain tous les réfractaires dansent la polka.

Quand la nuit tend ses voiles,
Ici j'aime à m'asseoir
Contempler les étoiles,
Astre brillant du soir,

Oui, mon cœur se dilate
Près des limpides eaux,
Dans ces vertes pénates
Qu'habitent les oiseaux.

Sous l'épais sycomore
J'aime à venir rêver
A l'ange que j'adore
Et qui sut me charmer.
Vierge au riant visage,
Front pur, plein de candeur,
Qui chantait sur la plage,
Avec ma jeune sœur.

Beau jour de l'hyménée,
Viens, confie à mon cœur
Cet ange bien-aimée,
Brillante de candeur.
Valentine si chère,
Je saurai te chérir,
Jamais la peine amère
Ne te fera languir.

Tous les réfractaires dansent avec ardeur. Des flammes de
Bengale de temps à autre.

FIN DU QUATRIÈME ACTE

CINQUIÈME ACTE

LE RETOUR

La scène représente un salon ; M. Henry de Montdoré
et sa sœur Louise.

SCÈNE Ire

HENRY DE MONTDORE

Le colonel tarde d'arriver ! Je ne sais où j'en
suis, tant est grande ma joie. Ah ! il faut que je
t'annonce, bonne Louise, qu'hier les Légionnaires
se sont réunis pour s'entendre sur l'organisation

d'une fête qu'ils veulent donner au bénéfice des
victimes de la guerre ; ils saisiront cette occasion
de témoigner leur reconnaissance et leur amitié au
colonel de Labruyère pour le zèle, pour les soins
paternels qu'ils ont reçus de lui ! Tu peux penser
combien j'ai été empressé et heureux d'y répondre,
moi son ami, lui mon sauveur.

LOUISE

J'approuve ce projet, et les dames de la cité
lyonnaise, qui ont montré tant de dévouement pendant la guerre, répondront avec empressement à
cette nouvelle invitation de soulager l'infortune.
Cette fête aura lieu ?

HENRY DE MONTDORÉ

Demain au parc. Il me tarde, chère Louise, de te
voir contracter l'union si vivement souhaitée par
notre bon colonel !

LOUISE

Il la désirait donc bien, Henry ? Il te parlait donc
souvent de moi ? Pauvre jeune homme, ou plutôt

vaillant colonel ! il m'était sympathique avant son départ : sa douceur, ses sentiments élevés, son patriotique dévouement avaient produit sur moi la plus favorable impression, et maintenant que je lui dois le bonheur de te revoir, de t'embrasser, frère, comprends ce que mon cœur peut éprouver pour lui.

HENRY DE MONTDORÉ

Bonne sœur, le plus beau jour de ta vie sera celui où tu donneras ton cœur au colonel de Labruyère ; pour moi, je l'aime déjà comme un frère.

LOUISE

Papa et Maman ne font pas opposition, ils le considèrent aussi comme un fils.

HENRY DE MONTDORÉ

Il me semble que la lettre que j'ai reçue du comte des Frayeurs annonce son retour pour aujourd'hui, et témoigne du plaisir qu'il aura à nous visiter à son retour. Je puis bien la relire. Il me semble l'avoir dans ma poche. Je ne l'ai pas ! Voyons sur la cheminée.

LOUISE

Si tu l'avais perdue, ce serait très-ennuyeux, il y parlait sans doute de ses projets de mariage. Si quelqu'un la trouvait, je serais bien contrariée.

HENRY (regardant dans son portefeuille).

La voilà.

(Il la lit.)

« Cher ami,

« Malgré l'agréable séjour de Monaco, malgré son ciel pur et sa douce température, il me tarde que la paix soit signée pour aller te presser la main, offrir mes hommages respectueux à tes dignes parents, et mettre des sentiments plus tendres aux pieds de ta sœur, qui n'a cessé d'occuper ma pensée. Puisse mon retour être bientôt suivi d'une union objet de tous mes vœux. A bientôt, ton ami, que ne puis-je dire ton frère ! »

LOUISE

Il paraît très-certain de notre union, qui n'a jamais été consentie, quoiqu'elle parût probable.

Croit-il donc que ma jeunesse bannit toute réflexion
sérieuse, toute juste appréciation? Cher frère, j'ob-
servais sa conduite et j'hésitais encore quand sa
fuite me dévoila son profond égoïsme et la bassesse
de ses sentiments; dès lors son sort fut irrévocablement fixé.

HENRY DE MONTDORÉ

Et par la sagesse même. Je te trouve charmante
aujourd'hui; ce costume est ravissant, simple et de
bon goût; des marguerites dans tes cheveux! Les
as-tu consultées, petite sœur, quelle est leur ré-
ponse?

LOUISE

Un peu, beaucoup, toujours.

HENRY DE MONTDORÉ

Elles ne mentiront pas, j'en ai la ferme assurance. A propos, as-tu quelque chose de nouveau
à chanter ce soir? Le colonel sera si heureux de
t'entendre!

LOUISE

J'ai étudié le *Retour*, qui est plein d'opportunité.
Je vais chanter : 1° la bluette *Un peu, beaucoup,
toujours !*

(Henry de Montdoré l'accompagne au piano.)

Tous les jours je me promène
Au bord du petit ruisseau,
Pour cueillir la fleur que j'aime,
Fleur des champs au bord de l'eau,
J'effeuille la marguerite
Et lui demande tout bas :
Si pour qui mon cœur bat vite,
M'aime un peu, beaucoup, ou pas.

Un peu, m'a dit la première ;
Un peu, ce n'est pas beaucoup ;
Je crains bien que la dernière
Me réponde : Pas du tout.
L'écoutant, mon cœur palpite,
Car j'attends avec amour ;
Parle, dis-moi, ma petite,
M'aime-t-elle un peu toujours ?

Toujours, ô bonheur suprême !
Près d'elle j'irai, ce soir,
Lui dire combien je l'aime.
Répondez à mon espoir.
Oh ! ne soyez pas cruelle,
Je vous le demande bas,
M'aimez-vous un peu, ma belle ?
M'aimez-vous beaucoup ou pas ?

Beaucoup, dit la jeune fille,
Comme vous me promenant
J'effeuillais sous la charmille
L'humble fleur en soupirant.
Bientôt de notre hyménée
Dieu bénira les amours ;
Nos cœurs, en cette journée,
Unis, s'aimeront toujours.

HENRY DE MONTDORÉ

Tu la chantes à ravir, ta voix est plus étendue et
plus agréable que jamais.

LOUISE

La romance *Le Retour* est plus difficile. Madame

Alberthini ne tardera pas à venir pour la faire répéter, elle la chante *admirablement*.

(Un domestique annonce Madame Alberthini.)

Mme ALBERTHINI

Je suis un peu en retard, veuillez m'excuser.

HENRY DE MONTDORÉ

Le jour du retour est un jour de bonheur, il est aussi celui du pardon.

Mme ALBERTHINI

Très-aimable Monsieur, voudriez-vous m'accompagner ?

Mlle Louise écoute avec attention.

C'est aujourd'hui fête au village,
Et c'est pour moi jour de bonheur.
Mon fils revient, ô doux message,
M'apporter et joie et douceur.
Viens, je t'attends, ta pauvre mère
Veut te presser contre son cœur.

Sans toi, que ferai-je sur terre?
Toi seul voulus sécher mes pleurs.

    Ah ! ah ! ah !
    Qu'il est beau le jour,
    Le jour du retour !

Depuis longtemps, que de souffrance !
Dieu de son trône en prit pitié,
Il me conserva l'espérance
De te revoir, mon bien-aimé.
Tous les soirs priant la Madone,
Je lui disais : Rendez-le-moi.
Vous le pouvez, Vierge si bonne.
Mère du Christ, en vous j'ai foi,

    Ah ! ah ! ah !

Oui, bientôt, le moment approche.
Qu'ai-je entendu ? des chants joyeux,
J'entends aussi sonner la cloche,
C'est lui ! mon cœur est radieux :
Je cours à lui ! bonheur suprême,
Pour toujours il revient à moi.
Viens dans mes bras, oh ! toi que j'aime !
Je suis si bien auprès de toi.

    Ah ! ah ! ah !

Mlle LOUISE

Recevez nos félicitations ; je tâcherai de bien interpréter ce chant, expression de notre bonheur !

SCÈNE II

M. et Mme DE MONTDORÉ entrent.

Mme DE MONTDORÉ

Mes enfants, je crois que la réception sera digne du visiteur.

ANDRÉ annonce.

Le colonel de Labruyère.

(Tous vont au-devant de lui.)

HENRY DE MONTORÉ

Mon colonel !

LE COMTE DE MONTDORÉ, lui touchant la main.

Soyez le bienvenu, Monsieur de Labruyère.

Mme DE MONTDORÉ

Recevez tous mes remerciements, sauveur de mon enfant.

LE COLONEL DE LABRUYÈRE

Que je suis heureux de me retrouver parmi vous, et combien je l'ai désiré !

Mme DE MONTDORÉ

Ce vœu est exaucé ! Que ne pouvons-nous deviner vos désirs et les satisfaire de même ! Nous serions si heureux de vous témoigner aussi notre reconnaissance !

LE COLONEL DE LABRUYÈRE

Madame, des vœux sont parfois indiscrets, je ne m'exposerais pas à les exprimer.

9..

LE COMTE DE MONTDORÉ

Jamais pour nous, car nous vous devons le bonheur de revoir notre bien-aimé fils, et nous nous estimerions heureux s'il nous était donné de vous prouver notre gratitude.

HENRY DE MONTDORÉ

Parlez, mon colonel, parlez.

Mme DE MONTDORÉ

Nous vous aimons comme un fils.

LE COLONEL DE LABRUYÈRE

Tous mes rêves de bonheur se sont traduits jusqu'ici par un désir, je le crains, irréalisable, celui de devenir un jour votre fils, ton frère, Henry, votre époux, Mademoiselle; mais ce sort fortuné ne saurait être réservé à une victime de la mauvaise fortune, et je n'en ai pas caressé la flatteuse espérance.

Mme DE MONTDORE

Monsieur de Labruyère, vous avez sauvé mon fils, je vous confie ma fille.

LE COLONEL DE LABRUYÈRE

Ah ! Madame, croyez-le, je m'efforcerai d'être toujours digne du dépôt sacré que vous voulez bien me confier.

LE COMTE DE MONTDORÉ

Nous n'en doutons pas, Monsieur de La Bruyère.

HENRY DE MONTDORÉ

J'en suis convaincu.

ANDRÉ annonce.

Monsieur le Comte des Frayeurs.

(Tous se retournent et paraissent froids.)

SCENE III

LE COMTE DES FRAYEURS

(Il s'avance et salue.)

Veuillez agréer mes respectueux hommages
(Il fait un très-grand salut à Mlle Louise.)
et l'assurance que vous avez constamment vécu
dans mon souvenir.

Mme DE MONTDORÉ

Nous vous remercions, Monsieur, de votre souvenir. Ma fille, viens achever ta toilette.

(Elles se retirent.)

LE COMTE DES FRAYEURS (surpris et affecté).

Que le temps, loin d'amis si chers, m'a paru
long et insupportable !

LE COMTE DE MONTDORÉ

C'est fâcheux. Le séjour de Monaco est pourtant très-agréable ; n'y rencontre-t-on pas toutes ces distractions qui, comme vous nous le disiez avant votre départ, sont indispensables à votre état de santé ?

HENRY DE MONTDORÉ

Ne s'y trouve-t-on pas mieux que dans la neige où tant de nos compatriotes ont eu à supporter les privations et la rudesse de cet hiver néfaste !

LE COMTE DES FRAYEURS

Ils ont dû souffrir, je l'avoue, mais inutilement, ainsi que je l'avais prévu !

LE COLONEL DE LABRUYÈRE

Vous me permettrez de vous faire observer, Monsieur le Comte, que la défense malheureuse n'est jamais inutile. Si les travaux de nos braves soldats n'ont pas préservé la France d'un envahis-

3...

sement considérable, s'ils n'ont pas assuré l'intégrité de son territoire, ils ont du moins sauvé
l'honneur de la patrie et perpétué ces nobles exem-
ples d'héroïsme qui nous assurent un jour une re-
vanche éclatante.

LE COMTE DE MONTDORÉ

J'en crois le courage inspiré et mon propre
cœur.

LE COMTE DES FRAYEURS (ironiquement).

Je pense, quant à moi, qu'il y aura beaucoup à
faire.

HENRY DE MONTDORÉ

Vous êtes toujours fort effrayé, Monsieur le
Comte, et le séjour de Monaco ne vous a point for-
tifié contre les défaillances.

LE COMTE DES FRAYEURS

Oublions, s'il se peut, nos malheurs et songeons
à cicatriser les plaies de la France. J'avoue que ces
occupations paisibles conviennent mieux à mes

aptitudes, et cette perspective du bonheur qui viendra de nouveau luire sur notre chère patrie me rappelle au sentiment de ma propre félicité. Je l'avais placée dans l'espoir d'une union projetée entre nos familles et qui, sans avoir été garantie par un engagement formel, paraissait du moins être accueillie.

LE COMTE DE MONTDORÉ

Hélas ! Monsieur, les circonstances ont apporté de grands changements dans nos intentions.

LE COMTE DES FRAYEURS (furieux, interrompant).

Il se pourrait, Monsieur !
  (A part.)
Toute ma force m'est nécessaire.

LE COMTE DE MONTDORÉ

Elles ont révélé la pusillanimité des uns, le mérite relevé des autres ; elles ont exposé notre cher Henry aux derniers malheurs et fourni à M. de Labruyère l'occasion d'un héroïque dévouement. Nous sommes heureux que notre Louise consente à payer la dette de la reconnaissance et celle de la patrie.

LE COMTE DES FRAYEURS

Vous prêtez à votre manque de foi d'honorables et spécieux prétextes. Je prends donc congé de vous, Monsieur le Comte, pénétré de regret, je l'avoue, mais aussi plein du superbe dédain qui m'assure le repos.

Le comte de Montdoré et Henry de Montdoré l'accompagnent et le saluent froidement.

LE COLONEL DE LABRUYÈRE

Je me retire aussi, Monsieur le Comte, mais dans d'autres sentiments : cet homme n'a qu'à oublier; nous, nous devons nous souvenir! L'œuvre de la Régénération commence. A chacun sa part dans la tâche commune. Aux hommes d'abnégation et de bonne volonté comme vous, Monsieur le Comte, l'œuvre de la législation; à nous, industriels, ingénieurs, ouvriers, de relever par le travail la fortune de la France compromise. A vous, Henry, comme à toute la vaillante jeunesse fran-

çaise, d'apporter dans vos nouveaux devoirs mili-
taires les sentiments de discipline et d'ardent patriotisme sans lesquels il n'est point d'armée
possible ; à tous les Français, enfin, de s'unir sous
un même drapeau, afin d'assurer la défense de nos
droits et d'en justifier la sublime devise : Liberté,
Egalité, Fraternité.

FIN DU CINQUIÈME ACTE

APOTHÉOSE

LE MONT-OLYMPE

Personnages allégoriques.

LACÉDÉMONE, ATHÈNES, LA FRANCE, LA JUSTICE,
LA RÉPUBLIQUE

LA FRANCE

O mes augustes sœurs, Lacédémone, Athènes !
Combien dans votre sein de héros glorieux,
Dont l'histoire voyait ses illustres arènes
S'emplir des pas géants, dignes des demi-dieux !

LACÉDÉMONE

Que nous enviez-vous, France, noble affligée ?

LA FRANCE

Vos généreux guerriers ; la honte d'un tyran ;
La terre sainte, enfin, des barbares purgée ;
La faiblesse exilée au sein de l'océan.

LACÉDÉMONE

Sparte à l'indépendance offrit trois cents victimes,
Sûres de leur vertu, dignes du plus beau sort.
Compte, si tu le peux, tous les cœurs magnanimes,
Dévoués humblement à l'héroïque mort,
A ce trépas obscur qui dévore la gloire ;
Devenu vil, perdu dans le commun devoir,
Qui dérobe un grand nom aux filles de mémoire
Et qui ne puise rien en un terrestre espoir.

LA FRANCE

J'ai compté ces héros, mais que de défaillance,
Que d'égoïsme dur, d'ignoble lâcheté !
Je rougis : de mes fils la plus noble vaillance
Suffira-t-elle un jour à ma juste fierté ?

ATHÈNES

Sœur, relève ton front. Qu'importent ces impies ?

De ta divine lèvre, où se peint le dédain,
Laisse tomber ces mots qui tarissent la vie
Au cœur du condamné dont ils percent le sein.

LA JUSTICE

J'entends ta triste plainte, mère trop affligée ;
Ta puissance suffit à punir les ingrats.
Cependant la Justice ici t'a devancée ;
Ta pitié même en vain arrêterait mon bras.
Qu'ils se connaissent donc ; qu'ils sachent quelle fange
Nourrit leur être vil de ses mortels poisons.
D'alarmes, de remords qu'un douloureux mélange
Soit le fruit exécré des lâches trahisons.
Là ne se borne point ma mission auguste :
Impassible, j'ai vu l'audacieux Germain
Fouler aux pieds le droit, méconnaître le juste,
Porter sur l'un et l'autre une coupable main.
Mais l'aurore luira où vous serez vengées,
Lois saintes qu'un brigand croyait anéantir ;
Du sombre désespoir nations soulagées,
Voyez dans le lointain se lever l'avenir.
Croyez en cette voix majestueuse, antique,
Langage harmonieux d'une jeune beauté,
Qu'épanche avec amour la jeune République,
Souriant à la France, au vieux monde enchanté.

4

LA RÉPUBLIQUE

O peuples, tressaillez! connaissez l'allégresse!
Le soleil de justice apparaît au levant.
Le despotisme sombre et la foule s'empresse,
Les mains et le cœur purs, vers cet astre naissant.

LA FAUSSE DÉVOTE

Il n'est rien d'aussi vénérable que la femme pieuse, rien d'aussi déplorable que celle qui ne l'est aucunement. L'amour de Dieu est de l'essence même d'un cœur de femme. Créée pour aimer et sourire, comment peut-elle oublier, dans sa naturelle expansion, son Créateur? Les femmes, il faut le reconnaître, sont généralement plus religieuses que l'homme; elles le sont par élévation de nature, comme par débordement de tendresse, par intuition de l'idéal.

Aux vieilles églises, aux longs offices, aux cimetières on les trouve agenouillées. Là est un signe de la céleste beauté de leur âme. Vous les

voyez par milliers se serrer sous les ailes des vastes
nefs, à l'ombre des piliers protecteurs, et en rappeler sans cesse au sang et aux larmes de celui
qui les a relevées en se faisant bercer, tout enfant,
sur le sein de sa mère, la *Vierge Marie.*

Voilà qui est touchant et sublime ! Ne me mon-
trez pas les mères impies, les jeunes filles irré-
ligieuses, les vieilles femmes esprits forts ; arrière,
arrière !.. Je ne comprends que l'ange debout ou
déchu, inspirant l'admiration ou la compassion.
Je n'avoue pour compagnes de la race d'Adam que
des femmes comme Ève, innocentes ou repen-
tantes ; les autres sont d'un sexe neutre, que l'on
doit fuir épouvanté.

Il est un type étrange, repoussant, inextricable,
qui a son rang inopinément confondu parmi la
troupe des saintes femmes, et, qui, depuis longtemps, excite mon indignation. On désigne vul-
gairement les reproductions de ce type par ce
nom de *dévote,* entendu et détourné dans un sens
injurieux. La dévote ! Qu'est-ce cela ? Quel est cet
insecte ? Pour le définir exactement, je suis des
plus entreprises. On ne décrit, ni sans peine, ni
sans malaise, l'araignée à mille pattes, roulant

son ventre bombé, alors qu'il s'agit de l'aller saisir entre les deux doigts et de la porter toute gigottante au grand jour.

Qui ne connaît, du reste, et n'a marché, par hasard, sur quelques dévotes en fréquentant nos églises ?

La dévote, égoïste comme sa chatte, hargneuse comme son roquet, sournoise, à la mine pointue et incisive, toujours gongonant, toujours hostile à ses voisines de chaise, pelotonnée qu'elle est dans un coin, entre la colonne sacrée et le trousseau de son sac et de son parapluie, la dévote dont l'amour de Dieu n'est que la haine du prochain, les pratiques religieuses, des tics ou des manies d'habitude ; la dévote, avec sa langue à double tranchant, son cœur de cuir, son regard dur et froid comme une pointe d'aiguille, la dévote qui entre à l'église de la même façon qu'elle passe à son salon, à sa cuisine, pour mijoter des prières que ses lèvres plissées seules murmurent ; la dévote qui se démène, invective et fait sa traînée de scandale à travers toute l'assemblée des fidèles, pour conquérir au pied de la chaire une place édifiante ; la dévote qui fait sa bonne fortune et sa

plus belle histoire de la chute d'autrui, et lève
ensuite vers le ciel ses yeux ronds pour glorifier
le Seigneur et lui rendre grâces, les mains nouées
sur sa gorge aplatie, de ce qu'il ne l'a point rendue
semblable au vil pécheur. Il faut être fort et ferme
dans sa croyance pour ne pas se sentir ébranlé au
coudoiement de la dévote, tortueusement age-
nouillée dans l'adoration hypocrite d'un même
Dieu.

Et partout circulent ces dangereuses contrefa-
çons de la sainteté. Elles cernent les sacristies,
elles assiégent les curés, elles font sabbat chez
M. le curé, parce qu'il a secouru telle infortune,
accueilli telle souffrance que la dévote allait précisément recommander de sa haine. C'est surtout
aux abords des confessionnaux ; là, elles sont certaines d'être admises, souffertes. Que dame dévote
se révèle importune et acharnée ! Elle assiége de
ses bourdonnements insipides les grillages obscurs,
derrière lesquels un prêtre résigné l'écoute, la
sueur au front. Il est certaines d'entre elles qui
ont la passion du confessionnal, s'y campent des
jours entiers, et se chamaillent les unes les autres,
à qui passera et repassera la première. Elles vont

à confesse, non comme à l'expiation humiliante des fautes commises, mais comme à l'exercice d'un droit, et ne cessent d'étaler la série monotone de leurs péchés que lorsque le confesseur, indigné d'une coutume aussi irréligieuse, se voit forcé de les congédier.

Tout n'est qu'extérieur chez la dévote : j'entends parler de ses pratiques, de ses manifestations, de ses faits et gestes publics, de ses efforts d'expressions et de contorsions ; non point certes de sa beauté : on rencontre rarement un aimable visage sous le capuce de l'une d'elles. Elle fait tout pour paraître et être réputée sainte. Il faut qu'on la voie entrer à l'église, sinon, elle sort presque aussitôt, pour y revenir dans un moment plus favorable. Elle s'y place ostensiblement, au grand jour, pour montrer à tous, en se prosternant, comme elle sait bien s'humilier. Dans toutes ses dévotions, elle a un œil pour l'assistance, et n'a pas une pensée pour le Ciel. Comme on se fait une coiffure, elle se forme une conscience qui va parfaitement à sa physionomie, et elle se croit très-bien parée pour le Paradis. — Tout lui est alors permis, et elle a là-haut son capital assuré. Elle est rentière

du bon Dieu. Elle ne reculera devant aucune fatigue
pour arriver à la réputation : courir, le même
jour, par une pluie battante, à plusieurs églises,
où doivent se saluer plusieurs dévotes, se résigner,
sur sa chaise, aux sommeils les plus incommodes,
durant les longues heures des sermons. Elle n'est
nullement coquette, je suis la première à le reconnaître. Son âme étroite et sèche n'a rien de la
bonté de Dieu, ne trouve du bonheur, de l'élo-
quence que dans le vil langage de la sottise et de
la médisance.

C'est surtout dans les petites villes que les dévotes sont dangereuses. Elles y font la loi de
l'Eglise et l'opinion du monde : là, personne ne
les conteste et ne les efface. Le clergé ne saurait
être assez audacieux pour leur résister, et les bons
et pacifiques habitants assez en force pour secouer
l'absolutisme de leur joug.

Si donc, chers lecteurs, vous êtes désireux de
voir une collection complète de fausses dévotes,
partez pour n'importe quelle petite ville ; arrivez
un dimanche ; tenez-vous sur la place, près de
l'église, au sortir de la grand'messe, et regardez
de tous vos yeux. C'est là que, frétillant au soleil,

dans la vanité de leurs prétendues dévotions ac-
complies, elles comptent leur nombre, notent les
absences. Admirez tour à tour, descendant les
degrés du parvis, la fouine aux flancs étiques à
côté de l'énorme parvenue. Sous sa croupe de
dentelles, qu'elle porte avec peu d'aisance, la
grande prétentieuse, aux pommettes empourprées,
bras dessus bras dessous avec la pécore fière
d'avoir une robe de soie grisaille, qui pince des
lèvres entre les frisons jaunis de ses papillotes
échappées. La chipie au bec pointu, qui baisse
systématiquement la tête, et regarde parfois au-
dessus de ses lunettes en grommelant, etc., etc., etc.
Les dévotes se dispersent et disparaissent dans
toutes les directions. Ne vous risquez pas à leur
suite : déjà elles se travaillent l'esprit, à qui mieux
mieux, pour savoir d'où vous venez, étranger
d'une heure? qui vous êtes? quelle est votre fortune? etc., etc., etc.

Une vertu reste généralement incontestable
dans l'âme embrouillée de la dévote : c'est la continence, mais la continence forcée. Généralement
pures dans leurs habitudes, elles ne le sont généralement pas du tout dans leur imagination. Elles

4.

ont pour elles-mêmes des accommodements avec le
Ciel ; elles n'en ont jamais avec le pécheur. Le
seul mot *indulgence* les révolte. Essayez de les
attendrir sur la plus pitoyable des misères, celle
de la jeune fille qu'a délaissée son ravisseur ; de-
mandez-leur un denier pour la mère, un lange
pour le nouveau-né, vous les entendrez alors, im-
mobiles et presque féroces, s'indigner de votre
impudique charité, et appeler toutes les ven-
geances célestes sur l'existence humiliée de la
pécheresse.

On se demande, après toutes ces réflexions, ce
que le Christ, revenant sur la terre, jetterait d'a-
nathèmes à ces pullulantes et fausses dévotes : avec
quelle colère il chasserait de son temple ces pha-
risiennes qui s'y installent avec tant d'audace, ou-
bliant ses préceptes et la sublime et profonde parole
qu'il prononça aux pécheresses pleurant leurs
égarements : « Ces femmes que vous appelez per-
« dues, vous précèderont dans le royaume des
« Cieux. »

Oui, ce seront celles-là même, ces pauvres créa-
tures humiliées, sincères dans leur repentir, ar-
dentes dans leur amour, et pour lesquelles, *fausses*

dévotes, vous n'avez aucune pitié, qui marcheront
en avant du cortége éternel !

Poussez hardiment la porte du salon de la dévote.
Vous la trouvez disgracieusement assise près d'un
foyer clignotant dans la cendre, raide comme un
modèle, tenant aux mains un livre nu de pensées
et de sentiment ; elle ne lit que du bout des pau-
pières. Elle vous a entendu venir, et, son effet de
contenance obtenu, elle repose le livre sur son
guéridon, en ayant soin de le tourner du bon côté,
c'est-à-dire vers vous, qu'un coup d'œil jeté sur le
titre édifiera certainement. D'une voix aigre-douce
elle entame la conversation. Elle répond presque
timide, elle n'interroge qu'avec des circonlocutions
et des phrases atténuantes. Au milieu des bana-
lités d'usage et de l'indifférence des sujets vulgaires, elle a un but, une préoccupation, un désir,
et elle vous y amène par mille détours. Elle veut
extraire de vous telle révélation, vous faire dire
telle histoire. Sa pensée est un labyrinthe : elle
vous y égare peu à peu insidieusement. Mielleuse,
mais n'usant du miel que comme glu, elle vous
prend bientôt par les ailes. De votre imprudente
réplique elle tire le secret que vous vouliez pré-

cisément lui cacher. Elle sait tourner autour d'un
récit que vous taisiez, et par d'habiles mesures,
elle en devine, sur vos propres paroles, le fond et
l'étendue. Sans que vous vous doutiez de rien, elle
vide et suce dans votre poche le fruit que vous lui
refusiez. Avide de scandale, c'est par vous qu'elle
vient d'apprendre le scandale du jour ; et vous vous
récriez ! Innocente ! Vous-même lui avez fourni, à
votre insu, sa gorgée de venin. La voilà nourrie
dans ses hostilités, satisfaite dans son aigreur, et,
cependant, comme elle sait s'émouvoir, s'attendrir,
s'apitoyer avec vous sur le malheur raconté ! Elle
va, au besoin, jusqu'à verser des larmes, femelle
de crocodile qu'elle est ! Tous les airs d'un cœur
touché, toute la mimique d'une pitié profonde,
elle les prend à votre unisson, et vous vous éba-
hissez de son extrême sensibilité : elle la dureté
même, la sœur cruelle, la maîtresse de maison
impitoyable, la femme non de marbre, cette com-
paraison est trop belle, mais la femme de *silex*, le
cœur de cailloux ! La beauté la scandalise. Aussi,
ai-je remarqué que la pruderie est d'ordinaire plus
prononcée chez les plus laides. Gracieuse et sou-
riante, elle vous reconduit, en trottinant, jusqu'au

palier extérieur, — bonsoir, Madame ; — la porte
se ferme et le vantail retentit : retournez-vous et
regardez donc à travers la serrure....... eh bien !
avez-vous surpris le bond solitaire de l'hypocrisie
délivrée et de la méchanceté triomphante !

Lorsque c'est une dévote qui va rendre ses devoirs et faire ses révérences à une autre dévote, il
se passe alors une scène de haute comédie ; un
véritable duel d'astuce et de perfidie s'engage
entre elles. Ce sont deux guêpes, aiguillons contre
aiguillons, et cependant elle semblent se lécher
doucement ; les langues effilées se croisent par
tierce et par quarte ; on se blesse de part et d'autre.
Chacune s'empresse de rapporter à l'autre, en esprit de charité, bien entendu, tout ce qu'elle a pu
recueillir de désagréable ou d'amer à son amour-
propre ; elles se prodiguent des consolations apparentes dans la secrète jouissance de se raviver mu-
tuellement leurs pénibles souvenirs : elles pansent
leurs plaies tout en se les déchirant. C'est comme
une lutte à coups de pieds sous la table, alors que
les mains se serrent et que les lèvres se forment en
cœur, par-dessus la nappe. Telle est leur visite
d'amitié. Partout où il y a deux dévotes assem-

blées, soyez sûr qü'il y a une haine vivante au milieu d'elles. Leur accord n'est qu'une conspiration contre un tiers, ou contre une troisième dévote. Qui pourrait les saisir dans ces tendres épanchements de l'envie, dans ces cordialités de la haine, saurait en une heure sa dévote sur le bout du doigt...

Leur salon, dont je ne veux pas sortir avant que d'en avoir achevé le tour, est non-seulement le nid du mensonge, il est encore le tombeau de toute gaieté. Chez la fausse dévote, dans les réunions de l'hiver, vous ne verrez ni danse, ni plaisir, ni abondon d'esprit ou de cœur. Parlez-lui d'engager une danse quelconque sur son parquet gelé, elle rougira pour vous d'une telle proposition : on ne saurait danser sans l'enlacement des tailles, et la dévote estime qu'il vaut mieux étreindre en des causeries perfides l'honneur de telle ou telle, et valser sur la réputation d'une absente, que de pirouetter joyeusement aux sons légers d'un piano. Songez à mal tant que vous voudrez dans la dangereuse torpeur d'une soirée insipide, bavardez, calomniez, mentez, passez en revue toutes vos malices, livrez-vous aux conversations les plus diffamantes sur le

compte de votre prochain, sur la femme de celui-
ci, sur le mari de celle-là, mais, au nom du ciel,
loin de vous la concupiscence d'une polka.

Les fourbes ou les sots sont les seuls capables
de lui tenir tête. Ceux qui n'ont ni jeunesse, ni
âme vive, ni élan du cœur, peuvent entrer dans
l'esprit et dans les habitudes d'une dévote; ceux
encore qui espèrent faire par elle leur chemin dans
le monde et qui spéculent sur son vieux cuir leur
ambition ou leur mariage.

Car c'est parfois une haute puissance qu'une re-
nommée de dévote. Par elle s'emmanchent bien
des destinées. Il en est qui portent à leurs cein-
tures les clefs des belles fortunes et des brillantes
alliances. Plus d'un parvenu lui doit sa position;
plus d'un mari, son épouse, c'est-à-dire le sac de
chair qui contient la dot ambitionnée.

Je maudis l'œuvre sacrilége de leurs mariages.
J'ai à horreur leur façon de jeter en proie de douces
et suaves jeunes filles à d'hypocrites infâmes.

Il est si facile d'abuser une dévote! elle qui ne
juge que par les dehors, qui ne mesure la valeur
religieuse qu'à la multiplicité de ses actes de pratique extérieure, qui n'entend rien aux vraies

qualités du cœur, qui ne comprend rien aux pro-
fondes réalités de la vie. Comment se fait-il donc
qu'il y ait des familles respectables, où son opinion
dirige et conseille en souverain? Des familles où
elle dispose de l'avenir des jeunes filles, où elle
anéantit d'un mot l'esprit d'un honnête garçon,
et fait monter d'un geste la prétention d'un im-
bécile?

Le côté de l'argent est un des plus ténébreux
dans la vie et dans l'âme de la dévote. Il y a là
d'horribles histoires, des égoïsmes métalliques, des
cupidités de monstre affamé.

Le grand vice du siècle, l'amour de l'or, enfonce
à des profondeurs inconnues sa racine empoi-
sonnée dans les crevasses de rocher d'un cœur de
dévote.

Le précepte commande de laisser ignorer à la
main gauche l'œuvre généreuse de la main droite :
la fausse dévote ne sème précisément de la main
gauche que pour recueillir de la main droite. Elle
ne lâcherait pas un centime s'il ne devait lui rendre
cinquante pour cent dans la rente de sa bonne re-
nommée. Elle ne livre qu'à bon escient, et ses cha-
rités ne sont que de vulgaires et coupables place-

ments : ils lui rapportent sans doute en ce monde juste autant qu'ils l'endettent dans l'autre. Elle donne comme un autre refuse, avec la même humeur et les mêmes intentions.

L'élan sympathique du cœur n'est pour rien dans son fait. Elle *exerce* la charité, elle ne l'accomplit pas. Son denier sonne sec sur la pierre, et il ne tombe alors de son œil et de ses lèvres ni le doux ni le triste regard de pitié, ni le suave sourire de l'attendrissement, qui vaut bien davantage encore aux entrailles désolées du misérable, que le vieux sou vert-de-grisé ou le noir morceau de pain.

Ses distributions mesquines sont pleines de partialité, de réserve et d'exclusion. Elle s'informe de l'apparente conduite du pauvre, mais ne sonde point sa réelle misère.

Trop souvent c'est cette femme-là que l'on proclame patronnesse de bonnes œuvres, providence active des infortunés ! Prodigieux renversement des mots et des choses ! Monstrueuse duperie où l'avarice marche en tête de la générosité, où l'hypocrisie assigne les rangs de la vertu, et où la haine tient le commandement de l'amour !

Si je voulais promener ainsi partout ma plume,
combien d'autres taches, combien d'autres travers
ne signalerais-je pas sur la physionomie de la fausse
dévote ? Avez-vous jamais mesuré son orgueil en
sentant peser sur vous toute la hauteur de son dédain, pauvres pécheurs ? Avez-vous éprouvé son humeur, son despotisme, son entêtement, son âcreté,
son insensibilité, infortunés qui avez eu à débattre
avec elle vos projets, votre sort tout entier peut-
être ? Connaissez-vous les sifflements de sa jalousie,
femmes belles, femmes aimables, femmes char-
mantes, qui fleurissez entre deux adorations : celle
que vous élevez vous-mêmes vers le ciel, et celle
que vos amis vous offrent avec respect. Vous est-il
arrivé de soulever par hasard le voile habilement
tissé de ses mensonges, vous, parents, voisins,
visiteurs, qui l'avez approchée ? L'avez-vous surprise dans ses curiosités insidieuses, dans sa basse
police de cuisinière, dans la fête de ses cancans,
tandis que sa langue dévergondée pèche bien au-
trement que le pied de la trop leste danseuse ? Vous
est-il arrivé de la saisir à son piége entre ses manœuvres hostiles, et pendant sa ronde d'oiseau noc-
turne autour de votre bonheur ou de votre soli-

tude ? Malheur, malheur au village comme à
l'évêché où elle parvient de l'accueil à la domina-
tion ; où elle assied son empire dans l'esprit affaibli
d'un trop indulgent pasteur ; où elle gouverne avec
tout le caprice d'une femme et toute la tyrannie
d'une fausse dévote !

Mais les dévotes outrecuidantes et détestables
ne peuvent espérer entrer au bercail : elles iront
tout naturellement à la gauche du grand partage.
Ce sont elles dont le Seigneur parle dans l'Ecriture
lorsqu'il dit : « *Je les vomirai de ma bouche.* »
Expression violente et dont on me reprocherait à
coup sûr la terrible audace, si elle n'était d'un
Dieu.

Elle m'explique et me rend à moi-même le malaise que j'ai toujours éprouvé en présence de ces
femmes, dames du monde ou loueuses de chaises,
duchesses ou mendiantes, patronnesses ou cuisi-
nières. Ce n'est jamais sans un noble soulèvement
que je les entends tricoter des choses saintes et
précipiter aux enfers ceux qui réprouvent leur manière de faire. Est-ce à telles larves qu'il appartient
de juger le mystère des consciences et d'adjuger la
destinée des âmes? Que vous mêlez vous des des-

seins du Seigneur et du destin des hommes? Qui
êtes-vous, harpies, pour accrocher vos griffes
contre la porte de l'éternité? Qui êtes-vous, pour
oser mesurer les rayons du soleil? Que venez-vous
faire dans les nuées du ciel, fausses dévotes au front
bas, qui ne respirez que l'amertume et ne pouvez
communiquer que la mort!

Sur quelles indications, à quelles marques assu-
rées reconnaître la fausse dévote? — Vous me le
demandez, chers lecteurs. Ne l'ai-je donc pas assez
disséquée, et que voulez-vous de plus? A chacun
de mettre en jeu, suivant l'occasion, son talent
d'observation, et d'exercer son coup d'œil. Je me
contente de signaler, à distance et d'une manière
tout à fait générale, les deux symptômes, les deux
attributs consubstantiels et inhérents à toute fausse
dévote : l'absence de charité dans son langage et
l'abondance d'égoïsme dans sa conduite.

Mais, enfin, montrez-nous un faux dévot, une
fausse dévote, nous voulons connaître à tout prix,
répètent mes lecteurs, contrariés, peut-être, de me
voir éviter toute personnalité....... Eh bien! tous
ceux qui, en lisant cette esquisse, auront eu le
cœur irrité!...

Il ne s'agit ici, tout esprit droit le comprend bien, que des faux dévots, comme des fausses dévotes, et ces masques de la religion sont les seuls que je flagelle, les seuls qui crient scandale à la lecture, pour eux douloureuse, de ces lignes cinglantes.

Il faut être ferme dans sa croyance pour ne pas se sentir ébranlé au coudoiement du faux ou de la fausse dévote dans l'adoration hypocrite d'un même Dieu. Les faibles ou les indifférents ne résistent point à une impression si funeste ; ils se disent : « Est-ce donc là le chef-d'œuvre de la Religion, sa suprême réalisation ?..... » Et soulevés d'un indomptable mépris, ils sortent, ils franchissent à jamais le seuil du temple, où ils ont reconnu, sous un voile de fausse dévotion, la misérable femme dont ils avaient maintes fois éprouvé l'aigreur et la méchanceté !

Et pourtant elle est là, devant l'autel, qui manœuvre et s'agite sans cesse, comme un épouvantail dans le champ de la religion. Je ne suis pas le diable, eh bien, je ne puis rester à l'église à la vue de certaines mains, gauchant sur certaines faces de certains signes de croix. Rien ne sur-

prend comme ce contraste du bien et du mal, ac-
couplés sous un même corps : rien ne choque
davantage un vrai chrétien ; c'est pour lui la pierre
d'achoppement, rencontrée dans l'élan même de
sa foi.

La fausse dévote touche à tout d'une main pro-
fane, à l'autel de Dieu, comme au foyer des hommes. Elle tripote et barbote au fond des affaires
de sacristie, comme au fond des affaires de famille.

Toujours avec cette intention de malice qui l'a-
nime dans des vues haineuses, jalouses, hostiles,
elle jouit longtemps à l'avance des cruelles décep-
tions qu'elle prépare, de ce qu'avait conçu un
meilleur cœur. Il n'est pas fraude qu'elle n'invente
pour frustrer ses proches. Elle croit assurer son
salut en disposant à son gré de leur fortune, au
bénéfice des âmes du Purgatoire. Cette Phari-
sienne, qui, vers le haut du temple, monte avec
assurance, et croit charmer le Seigneur en fixant
sur son image un regard louche et satisfait... eh
bien, c'est une avare infâme ! Elle a une famille
qu'elle laisse languir, gémir sans secours. Elle
donne quelquefois publiquement un sou à des pau-

vres connus, et, à sa porte, dans le mystère douloureux des afflictions de famille, elle reste
muette.

Qui m'accusera d'exagération, et qui n'a pas eu
à souffrir, bien souvent, de la noire cupidité d'un
faux ou d'une fausse dévote, si avide à la curée
des biens de la terre, si obstinée, si tenace au dé-
mêlé de leurs comptes?

Usurière, elle vieillit derrière ses faussés balan-
ces, et les mains crispées sur ses sacs d'écus.

Son testament est son tissu de Pénélope : elle
s'est usé les yeux à le refaire. Étendue sur son
lit de mort, elle écoute toute tremblante la voix
puissante du remords, qui lui crie : *Restitue !*

SOUVENIR DE POMPÉI

Dans le numéro du *Courrier de Lyon* du 14 mai courant, je lis un article sur la première éruption du Vésuve qui m'a vivement impressionné, en me rappelant une des plus intéressantes curiosités qu'il m'ait été donné de contempler dans le cours de mes voyages.

C'était en 1850, alors que, le pape étant l'hôte du roi de Naples, qui lui avait offert son château de Portici, une escadre française, sous les ordres de l'amiral Parceval-Deschênes, était mouillée dans ces eaux. Beaucoup d'écrivains érudits ont

4..

décrit les merveilles que renferment les restes de
ces villes autrefois fameuses, d'Herculanum et de
Pompéi, et je n'ai point la prétention d'entrepren-
dre ce qu'ils ont si bien narré, mais seulement de
rappeler certaines particularités dont ma mémoire
a gardé le souvenir. A cette époque, ce que l'on
avait pu retrouver d'Herculanum était très-difficile
à visiter, pour des touristes de hasard qui ne pouvaient disposer que de quelques instants à de rares
intervalles, les restes d'Herculanum étant enfouis
sous l'élégante et indolente ville de Portici édifiée
sur ses débris, Portici, qui est à Naples ce que Ver-
sailles est à Paris, et de plus sous un ciel unique
que tout le monde a admiré. De Naples à Portici la
route, fort belle, est bordée des plus ravissantes
villas que l'on puisse imaginer, où se déploie le
luxe le plus somptueux de l'aristocratie nobiliaire
et financière. Un peu plus loin on arrive à Pompéi, au pied du mont Vésuve, tout près de Castel-
lamare. Pompéi est découvert; ce devait être une
très-riche et très-grande ville, à en juger par son
étendue découverte alors, qui n'était pas moindre
que le quartier des Brotteaux ; à l'entrée, des gar-
diens reçoivent les visiteurs et des interprètes par

lant diverses langues se mettent au service des
étrangers pour les accompagner, arrêter leur attention aux choses les plus remarquables et donner des explications historiques ; on rencontre bien
aussi à l'intérieur des lazzaroni empressés à net-
toyer, avec leur bonnet, du sable qui les recouvre
des inscriptions sur le sol, et non moins empressés
à vous tendre le bonnet de la façon que vous pouvez
imaginer. Mes souvenirs sont impuissants à rappeler toutes ces merveilles ; c'est l'antiquité surprise à nu, en flagrant délit ; on est transporté
subitement à dix-huit cents ans en arrière, comme
si, d'un vol rapide, on allait dans une contrée loin-
taine fondre sur ses habitants pour en saisir les
mœurs. Il faut dire cependant qu'on a eu la malen-
contreuse idée de transporter au musée de Naples
un grand nombre d'objets et œuvres d'art qui perdent beaucoup à ne pas être restés dans les lieux
mêmes d'où on les a fâcheusement retirés ; c'est
une ineptie que des observateurs de tous les pays
ne pardonnent pas au gouvernement qui a ordonné
cette quasi-mutilation. Les rues sont pavées avec
des dalles de dimension plus grande que notre
pavé d'échantillon et, ainsi que le dit très-bien

l'auteur de l'article du *Courrier de Lyon,* la trace
des roues de voitures ou chars de l'époque est très-
apparente; il y a aussi des bornes qui devaient
être des fontaines publiques, au dire de notre cicérone. Les maisons sont rasées environ à la hauteur
supérieure d'un rez-de-chaussée presque unifor-
mément (œuvre de l'éruption et aussi la conséquence des fouilles opérées) et se ressemblent à
peu près toutes dans leur architecture, sauf le luxe,
qui dépendait de la fortune et de la qualité des
occupants; un assez grand nombre ont des marques apparentes qu'elles servaient à un commerce
quelconque. L'entrée principale a les dimensions
d'une porte cochère, elle est pavée en mosaïque
dans sa longueur de deux à trois mètres; puis
c'est une cour carrée ou rectangulaire; d'un côté
sont les appartements et de l'autre des salles de
bains; les murs latéraux de l'intérieur de cette
cour sont peints, et la conservation de ces peintures est si parfaite, d'un coloris si vif et si frais,
que son application paraît être d'hier; c'est là que
l'art actuel pourrait puiser de l'émulation, tant
pour la délicatesse et le fini de l'œuvre que pour la
richesse du coloris; les couleurs inaltérables dont

se servaient les anciens n'ont pas été retrouvées ;
j'ai remarqué une Diane chasseresse que nos maî-
tres d'aujourd'hui seraient heureux de signer ;
ailleurs des nudités qui établissent la profonde dif-
férence de nos mœurs de celles de cette époque ;
au fond de la cour est une fontaine jaillissante
dans un bassin, le tout en pierre ou en marbre
sculpté ; puis immédiatement après, à un mètre
environ au-dessus du niveau de la cour, un petit
jardin féerique semé de verdure et de fleurs, en-
tremêlés de petits sujets en marbre, quelques-uns
en groupe, représentant des femmes, des satyres,
tous les dieux et demi-dieux de l'Olympe. Cette
esquisse rapide démontre assez que les anciens de
cette époque s'entendaient à se construire des nids
au moins aussi bien que les édiles aujourd'hui.

On remarque le forum, où les sénateurs venaient
lire et dicter la loi au peuple. Les arènes, l'amphi-
théâtre, où se livraient les combats de gladiateurs
et où les condamnés étaient livrés aux bêtes sau-
vages. Des temples à divers dieux, parmi lesquels
on distingue le temple d'Isis, où s'offraient les sacrifices aux dieux ; là notre cicérone nous fit re-
marquer une porte dérobée par où les prêtres juifs

faisaient passer, pour leur alimentation, les quar-
tiers des animaux offerts en sacrifice, et qui étaient
imposés au peuple auquel on jetait la tête, les
pieds, les tripes pour sa nourriture, les dieux dé-
daignant ces choses. On voit aussi les bains publics ;
c'est un grand bassin où, sans distinction de sexe,
chacun allait procéder à des soins de propreté ; à
côté, une salle assez vaste dans laquelle existe un
réchaud de trois à quatre mètres de longueur em-
pli de charbon de bois enflammé, le tout recouvert
d'une couche de lave qui a la propriété surpre-
nante de conserver jusqu'au charbon, que l'on distingue parfaitement ; c'est dans cette salle, auprès
de ce réchaud, que les baigneurs venaient s'habil-
ler en sortant du bain. Il y avait aussi des maisons
dont l'usage était destiné à la promiscuité des
sexes ; elles étaient habitées par des femmes ou
filles, et l'indication en était ostensible au moyen
de signes non équivoques sculptés en relief sur la
pierre au-dessus de la porte d'entrée ; ces sortes
de sculptures se trouvent en beaucoup de lieux,
dans l'intérieur de quelques maisons particulières,
quelquefois avec addition du sexe féminin ; des
peintures aussi représentent les mêmes sujets my-
thologiques.

Notre cicérone nous fit descendre dans la cave
d'une maison dite de Diomède ; comme dans beaucoup d'autres, s'y trouvent encore des vases, des
urnes, qui contiennent des approvisionnements
d'hydromel, d'huile, etc.; mais dans celle-ci on
distingue parfaitement, contre les parois de la
muraille, l'empreinte de plusieurs corps de victimes de ce grand cataclysme ; le premier de ces
personnages, en avant, est une femme, ce dont on
ne peut douter par le contour des seins ; voici
comment notre cicérone nous expliqua ce fait : Le
maître du logis était absent ; les habitants, fous de
terreur, perdirent la tête à la vue de cette marée
de lave et de scories de feu montant avec une ra-
pidité telle que la fuite était impossible ; la maîtresse se sauva dans la cave, suivie par sa famille
et ses serviteurs : la lave y pénétra aussitôt qu'eux,
puisqu'elle les atteignit dans une posture mi-cou-
chée, et les consuma en cendres ; c'est une chose
très-remarquable que la conservation si parfaite
de l'empreinte des corps de ces infortunées victimes au point de distinguer les sexes.

Une partie du cimetière est découverte. On sait
que la crémation était en usage et que les familles

recueillaient les cendres des leurs dans des urnes
que l'on conservait religieusement ; on élevait un
monument pour en perpétuer la mémoire. Là aussi,
l'art du sculpteur se donnait carrière, et je ne puis
résister au plaisir de citer l'un de ces monuments
qui m'a émerveillé par son application allégorique
de la plus grande justesse. C'est un superbe mau-
solée en marbre, d'assez grande dimension, sculpté
avec un art infini et qui représente : un navire en-
trant dans le port avec des matelots sur les ver-
gues serrant les voiles ! Je ne connais rien qui
puisse mieux faire toucher ce que l'on veut dire
que l'indication si poétique et si juste de cette fin,
de ce terme du voyage.

Depuis 1850, bien d'autres parties de cette ville
opulente ont dû être retrouvées et d'autres magni-
ficences mises à jour ; mais ce que l'on connaissait
à cette époque démontre surabondamment que les
arts étaient cultivés avec beaucoup de succès, dans
cette contrée, à une époque fort reculée, la nature
étant prodigue des matières premières, le marbre, etc. Il en est encore de même aujourd'hui, le
marbre se rencontre partout ; je me souviens d'une
église à Naples, dont le nom m'échappe, dans la

construction de laquelle n'est entrée aucune autre
matière.

Les Napolitains excellent encore aujourd'hui
dans la sculpture des camées, la confection de dif-
férents ouvrages en corail, qui se pêche dans leurs
eaux, mille et mille petits objets avec de la lave
du Vésuve (corps très-tendre, d'un gris de cendre,
sans cohésion). La musique est aussi en grand
honneur chez eux et cultivée par tous. Dans la belle
saison, le soir, les barques, les chaloupes s'emplis-
sent de musiciens qui vont en rade jouer et faire
entendre leurs mélodies les plus suaves autour
des navires étrangers, et les équipages leur sont
reconnaissants lorsqu'ils viennent ensuite sollici-
ter l'autorisation de monter à bord pour tendre
leurs sébiles.

Tout cela est le beau côté de la médaille, qui
n'est pas sans revers. Mais ce serait sortir du cadre
que je me suis tracé.

Veuillez agréer, Monsieur, etc.

Paul MOISSONNIER.

Lyon, le 15 mai 1872.

(Revue du Lyonnais.)

TABLE

7034 — Imprimerie Générale de Lyon, rue Condé, 30. — J.-K. Albert.

www.ingramcontent.com/pod-product-compliance
Lightning Source LLC
Chambersburg PA
CBHW070818250626
47170CB00006B/2153